# 我的第一本
# 西班牙語課本

## ｜QR碼行動學習版｜

# SPANISH

全音檔下載導向頁面

http://www.booknews.com.tw/mp3/9789864543465.htm

掃描QR碼進入網頁後，按「全書音檔下載請按此」連結，可一次性下載音檔壓縮檔，或點選檔名線上播放。
全MP3一次下載為zip壓縮檔，部分智慧型手機需安裝解壓縮程式方可開啟，iOS系統請升級至iOS 13以上。
此為大型檔案，建議使用WIFI連線下載，以免占用流量，並請確認連線狀況，以利下載順暢。

# 作者序

恭喜您進入了一個全新的時代！

　　西班牙語是以西班牙為首，中南美20多國共同使用的語言，也是使用國家數最多的語言。目前，大約有3億5千萬的人口使用西班牙語。同時，西班牙語也是以UN為主的主要國際組織的官方語言。在美國和歐洲，西班牙語被認為是最重要的外國語。美國因為和中南美的經濟合作更加密切，西班牙語的實用性廣泛地認可。很多高中生和大學生都選擇西班牙語為第1外國語。

　　在歐洲，也因為跟使用西班牙語的國家的經濟往來增多，西班牙語被視為最重要的外國語。現在，亞洲作為新興的經濟圈，跟中南美一半以上的國家的貿易關係與日具增，為了持續開發市場，西班牙語作為主要的貿易用語，一天比一天被重視。

　　學習西班牙語的話，懂得基本文法是比什麼都還要重要的。但是，若只是學習實際情況中固定使用的幾個單詞的話，反爾會妨礙深入學習的慾望。這一點，應該沒有人會反對吧。

　　因此，本書還特意通過簡單的表達整理了西班牙語的基礎文法，以便讓各位確實打好基礎。

　　希望大家可以邊聽著西籍母語人士錄製的MP3邊學習準確的西班牙語發音。在此，向打算放眼看世界，站上世界中心的人推薦西班牙語。最後，感謝本書出版之前提供幫助的所有人。

　　　　　　　　作者　姜在玉

西班牙真的一個又好玩又美麗的國家！
和我們一起愉快地學習西班牙語吧^___^

## 本書特色

# 輕鬆、有趣又能實用好學
# 第一本最讚的西班牙語學習書

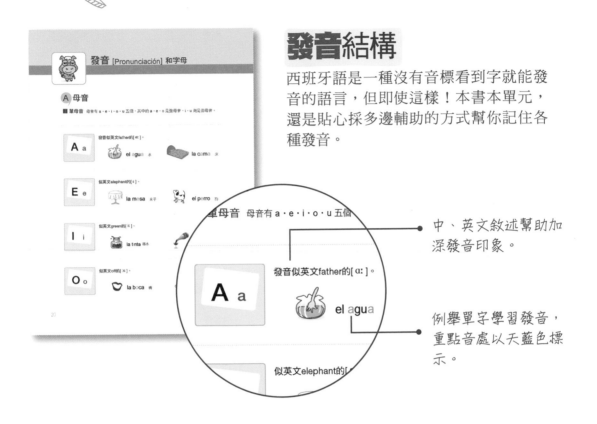

## 發音結構

西班牙語是一種沒有音標看到字就能發音的語言，但即使這樣！本書本單元，還是貼心採多邊輔助的方式幫你記住各種發音。

中、英文敘述幫助加深發音印象。

例舉單字學習發音，重點音處以天藍色標示。

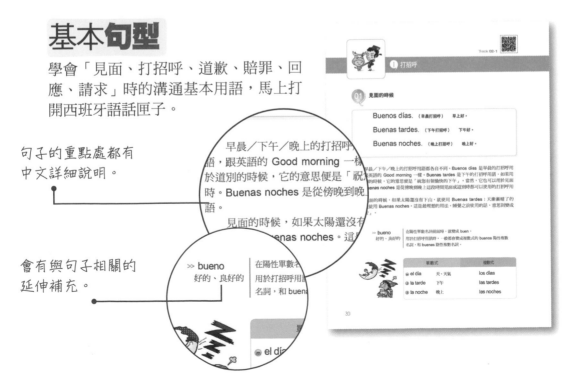

## 基本句型

學會「見面、打招呼、道歉、賠罪、回應、請求」時的溝通基本用語，馬上打開西班牙語話匣子。

句子的重點處都有中文詳細說明。

會有與句子相關的延伸補充。

# 課文內容

充滿佛朗明哥風味的20個課程，你可以在這裡將西班牙語的會話、文法，一網打盡。

每課開始都有一篇實用的短篇會話。

中譯後都有生字補充。名詞更清楚標出了陰、陽性。

基礎文法解說中，當課出現的文法皆有相關解說。

不時出現整理清楚的表格及可愛的插圖，極助於西班牙語的學習。

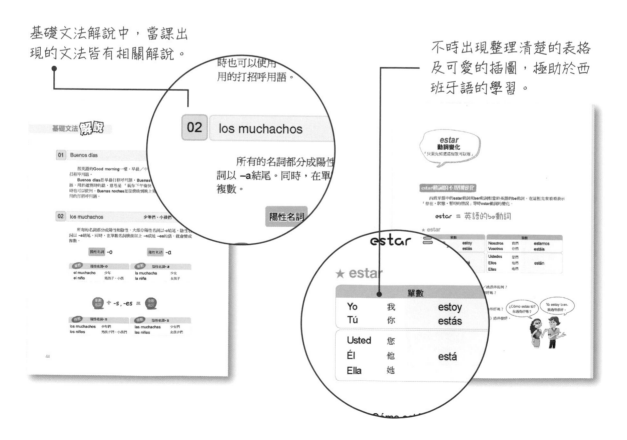

每課的「各種表達」都準備不少慣用句及會話重點。

漫畫式的西班牙文化介紹,唸起來輕鬆、有趣又無負擔。

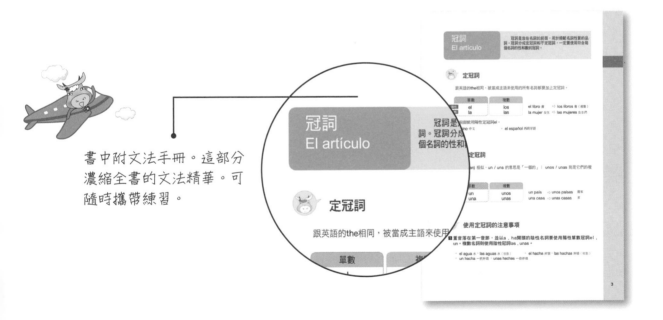

書中附文法手冊。這部分濃縮全書的文法精華。可隨時攜帶練習。

掃描QR碼下載MP3音檔,可以跟著迷人的西班牙語聲調,在不急不徐的速度下練習,學到正確的西班牙語。

在了解本書的優點之後,
請一起進入熱情西班牙語的學習世界吧!

# INDICE 目錄

作者序 ............................................................2
本書特色 ..........................................................3
關於西班牙 ........................................................9

## 字母表與發音
字母表 ...........................................................18
母音 .............................................................20
子音 .............................................................22
重音 .............................................................27

## 基本會話
打招呼 ...........................................................30
感謝／道歉 .......................................................34
回答 .............................................................35
請求 .............................................................37
其他 .............................................................38

## 課文
*01* Buenos días. 早安！ ........................................42

*02* Yo soy Manuel Sánchez. 我是Manuel Sánchez。 .............50

*03* Soy de Madrid.（我是）出身於馬德里。 ....................58

*04* ¿Qué hace tu esposa? 你的太太做（職業是）什麼？ .......66
　　 La Cultura 馬德里VS 巴塞隆那 ..............................76

*05* ¿Comes en tu casa? 在家吃飯嗎？ ........................78

*06* ¿Dónde vive ella? 她住哪裡？ ...........................84
　　 La Cultura 美食的國度 ....................................92

*07* Se llama Palacio Real. 叫做皇宮。 .......................94
　　 La Cultura 藝術和文化的國度 .............................100

*08* Tengo treinta años. 我30歲。 ..........................102
　　 La Cultura 慶典的國度 ...................................109

*09* ¿A dónde vas? 你去哪裡? ....................... 112

*10* Vamos a ir al cine. 去電影院吧。 ................ 118

*11* ¿Te gusta la tequila? 你喜歡龍舌蘭酒嗎? ...... 124

　　 La Cultura EMU和EU ............................... 131

*12* Estamos a 5 de diciembre. 今天是12月5日。 ...... 132

*13* ¿Cuánto cuesta? 多少錢? ......................... 140

*14* ¿Qué tiempo hace hoy? 今天的天氣如何? ...... 148

*15* ¿Qué hora es? 幾點了? ............................. 156

*16* ¿Has esperado mucho? 等很久了吧? ............ 162

*17* ¿Puedo hablar con Manuel? 我可以和Manuel通話嗎? ...170

*18* Porque mi tío está hospitalizado. 因為我叔叔住院了。 ..178

*19* ¿Qué pasó? 有什麼事情嗎? ....................... 186

　　 La cultura ............................................... 193

*20* En el aeropuerto 在機場 ........................... 194

## 西班牙短篇知識

西班牙短篇知識Ⅰ ........................................... 8

西班牙短篇知識Ⅱ ........................................... 16

西班牙短篇知識Ⅲ ........................................... 28

西班牙短篇知識Ⅳ ........................................... 40

## 文法手冊目錄

名詞 ............................................................ 2

冠詞 ............................................................ 3

代名詞 ......................................................... 5

介系詞 ......................................................... 8

數字 ........................................................... 10

形容詞 ........................................................ 12

動詞 ........................................................... 15

副詞 ........................................................... 30

敬稱 ........................................................... 32

## 1 西班牙語的重要性

西班牙語為僅次於英文和中文的世界第三大語言。以西班牙語為官方語的國家，其人口數總計4億多人，如果加上拉丁美洲外移人口以及分佈在全球90個國家，1千8百萬的學習西班牙語的學生，總人數將不只此數，而且人數仍年年持續增加中。有專家預估2050年講西班牙語的人口將超過5億3千萬，其中1億人居住在美國。

除了使用西班牙語的人數眾多以外，使用西班牙語的國家也不少。目前以西班牙語為官方語言的國家共有21國：歐洲的西班牙；北美洲的墨西哥；中美洲的瓜地馬拉、薩爾瓦多、宏都拉斯、尼加拉瓜、哥斯大黎加及巴拿馬；南美洲的委內瑞拉、哥倫比亞、厄瓜多爾、秘魯、智利、阿根廷、烏拉圭、巴拉圭、玻利維亞；加勒比海地區則有波多黎各、多明尼加、古巴；以及非洲的赤道幾內亞。

基於上述理由，政治、經濟、外交、觀光旅遊等使用到西班牙語的機會，相對的也會比較多，選擇學習西班牙語將會是個非常好的選項。

## 2 學習西班牙語有什麼好處？

可以擴展視野、更具國際觀：語言是一種工具，透過西班牙語可以掌握西語系國家的第一手資料，避免透過英文二手轉譯錯誤的風險，能更具國際觀、更擴展視野。

可以接觸不同文化：西班牙語是一把可以打開西語系國家文化大門的鑰匙，有了這把鑰匙，你將比別人更能深入瞭解、認識西語系國家的多元文化。

可以提昇競爭力：台灣與西語系國家之間的溝通往來，非常需要西班牙語人才，許多專業領域要求至少掌握一、兩種外語。多掌握一種外語，等於多了一個籌碼，更何況是西班牙語這麼重要的國際語言。

可以縮短與來自西語系國家人民的距離：與外國人見面時使用他們的語言，不僅能促進彼此交流，也會使他們會對你留下深刻的印象、拉近彼此之間的距離。

## 3 跟西班牙人交際時，必須要注意到的文化禮儀？

### 【西班牙人的姓名】

一般來說，西班牙人的姓名常有三、四個，前一、二個為名字，倒數第二個為父姓，最後一個為母姓。例如：

Juan Gutiérrez Pérez，Juan是名字；Gutiérrez是父姓；Pérez是母姓。
José María Gómez García，José María是名字；Gómez是父姓；García是母姓。

### 【相見禮儀】

西班牙人通常在正式社交場合與人相見時，行握手禮。與熟人相見時，男性友人之間常行擁抱禮。吻兩頰也是常見的禮儀，女性會親吻男性及女性友人，男性則只親吻女性友人。

### 【看場合穿衣服】

到公家機關辦事，最好穿著正式一點的服裝，才能事半功倍。

### 【用餐時間】

一般來說，早餐是八、九點；午餐是兩、三點；晚餐是九、十點吃。

（本文由輔仁大學西班牙語學系兼任講師 Lucas Yu 執筆）

# 關於西班牙？

由不同民族組成的西班牙在羅馬時代之後，卡斯提亞王國於1492年把伊斯蘭（阿拉伯）政權最後的王國格拉納達攻下之前，都一直受到外族統治。之後，哥倫布得到卡斯提亞的伊莎貝女王的支援後，發現了美洲新大陸。西班牙無敵艦隊被英國擊敗之前，都是西班牙的全盛時期。通過漫畫來簡單了解一下西班牙的歷史吧。

# La Cultura

西班牙⋯
想了解一下這個國家嗎？

西班牙的正式名稱是 Reino de España / Kingdom of Spain，也就是 '西班牙王國'。

柱子上寫著 "PLUS ULTRA"，意思是 "航向世界更遠的地方"。

雖然西班牙位於伊比利半島，在擊退伊斯蘭勢力統一半島之後，開始往外發展，在新大陸建立了很多殖民地 西班牙語和文化也因此向外傳播。

PLUS ULTRA

統一之後，我會獻上我的身體。

卡斯蒂亞女王伊莎貝一世

阿拉貢國王費南多二世

西班牙王國成立

1479年卡斯蒂亞女王伊莎貝一世和阿拉貢國王費南多二世結婚，西班牙王國也由此成立。

北美洲（NORTH AMERICA）

美國 ESTADOS UNIDOS DE AMÉRICA

墨西哥 MÉXICO

瓜地馬拉 GUATEMALA　委內瑞拉 VENEZUELA

哥倫比亞 COLOMBIA

南美洲（SOUTH AMERICA）

祕魯 PERÚ

玻利維亞 BOLIVIA　巴西 BRASIL

智利 CHILE　烏拉圭 URUGUAY

阿根廷 ARGENTINA

應該先學好西班牙語的…

不要動！再動開槍了。

死前的遺言 努力學習西班牙語呀！！！

得到伊莎貝拉女王支援的哥倫布終於在1492年10月12日發現美洲大陸！

不是叫你不要動了嗎… 為何還動？？

就這樣，被稱為「太陽的國家」或「日不落帝國」的西班牙除了被葡萄牙佔領的巴西之外，在中南美洲建立起殖民地，文化和語言也由此開始傳播。

*使用西班牙語的國家：阿根廷、智利、墨西哥等…

# La Cultura  西班牙的歷史

"你好！?Hola？"

好！從現在開始，
我來為大家詳細說明西班牙。
西班牙因為持續遭受入侵和戰爭，
所以西班牙語受到各種語言的影響。
最大影響來自於支配
伊比利半島的國家。

支配伊比利半島的國家是指
羅馬帝國和伊斯蘭（阿拉伯）
國家嗎？

我！
一定很反抗吧！！
被殖民的時候…

我！

又是殖民者的語言…

但不管怎麼說，
充滿愛的語言是最棒的呀～

首先我們來了解！！
伊比利半島原本的語言就跟旁邊
的圖一樣，是有很多種的。

1）羅馬時代之前的伊比利半島的語言

巴斯克語

伊比利語

Tartesio語

Ligures語

等等…

## 2) 羅馬時代

公元3世紀前，羅馬人侵占了伊比利半島。那時，羅馬人使用的語言是*通俗拉丁語。

原本的語言除了巴斯克語有被保留下來，其他的語言都被通俗拉丁語取代了。

●通俗拉丁語是羅馬民族使用的語言。它跟傳統的拉丁語類似，是句子的結構相當簡單的語言。

Tartesio語
伊比利語
Ligures語
巴斯克語

通俗拉丁語

ROMA

## 3) 伊斯蘭（阿拉伯）統治時代

受到伊斯蘭（阿拉伯）統治的影響，現在的西班牙語中還看得到來自阿拉伯語的詞彙。

由阿拉伯語變成的西班牙語
皇宮 el alcázar
酒精 el alcohol
米 el arroz
橄欖油 la aceituna

好，想寫的話，跟著練習看看喔！

我想交阿拉伯女友 ^^

噗！

我的裝扮如何？我很適合穿阿拉伯服裝吧！

把北非當作根據地的阿拉伯人從公元711年開始就侵占了伊比利半島，幾乎是支配了整個伊比利半島。

4) 統一之後
　　因為地理或歷史等原因，發展出很多語言。其中，下面四種語言是最常被使用的。

大西洋

法國

Ⓒ 西部：Galicia語（gallego）

Ⓓ 北部：Paislasco語（vasco）

Barcelona 巴塞隆那

Madrid 馬德里

Ⓑ 東部：Catalunya語（catalán）

Ⓐ Castilla
Ⓑ Cataluña
Ⓒ Galicia
　　（目前，Portugal的語源。）
Ⓓ País Vasco

葡萄牙

Ⓐ 中部：Castilla語（castellano）

地中海

好！按照順序說明，大家都知道嗎？

中部地區（Castilla地區）有Castilla語。

是的，沒錯！
大部分的人使用Castilla語，特別是首都馬德里。因此，之後也成為西班牙語的標準語。

在Catalunya使用的Catalunya語也是現在在巴塞隆那使用的語言。

西班牙語的標準語比起el español，更經常被叫做el castellano。

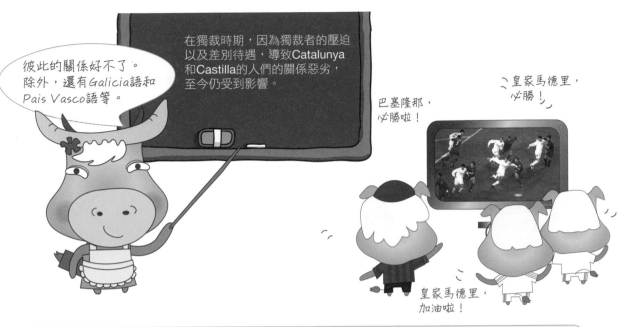

彼此的關係好不了。
除外，還有Galicia語和
Pais Vasco語等。

在獨裁時期，因為獨裁者的壓迫以及差別待遇，導致Catalunya和Castilla的人們的關係惡劣，至今仍受到影響。

皇家馬德里，
必勝！

巴塞隆那，
必勝啦！

皇家馬德里，
加油啦！

孩子們～注意聽！
現在我要講有關中南美使用的西班牙語。
安靜一點，認真聽。

我沒有吵。
嗚嗚。

你最吵了。

我最乖了。

前面也有提過一次，
在中南美很多國家使用西班牙語。
全世界約有3億5千萬人把西班牙語當成母語來使用，
雖然在寫法上有些差異，但是就像美式英語和英式英語可以互通是一樣的道理，本土西班牙語跟中南美的西班牙語也是互通的。

對了，西班牙語和葡萄牙語很相似，有時可以互相聽得懂喔！

## 西班牙短篇知識 II

### 4 西班牙的代表－佛朗明哥(flamenco)

Flamenco是由三個部份所組成：cante (歌)、baile (舞)及toque (吉它彈奏)。早期先有cante (歌)、baile (舞)，toque (吉它彈奏)至十九世紀中葉才與cante (歌)及baile (舞)鼎足為三。

一般認為Flamenco是由來自印度的gitanos (吉普賽人) 所創造出來的，但不容否認，西班牙歷代居住在Andalucía (安達魯西亞)的民族或多或少對flamenco都有影響。從原住民tartesos、árabes(阿拉伯人)、judíos(猶太人)到後來發展出來的Andalucía民間的舞蹈、歌唱等都有影響。所以說它是一門綜合印度、阿拉伯、猶太及西班牙民族的多文化綜合藝術。

flamenco一詞之出處，比較可信的說法有底下三種：
1) 來自阿拉伯文 "felag"(農夫)及 "mengu"(逃難者)兩者的組合。
2) 因為十六世紀西班牙國王Carlos I (卡洛斯一世)來自Flandes(現今比利時、荷蘭及盧森堡一帶)，宮廷的歌手亦從Flandes來，所以這些歌手叫flamenco，他們的歌曲亦稱flamenco。
3) 所有外來人都稱flamenco，而gitanos亦是外來者，故亦稱為flamenco

Flamenco的調子一般分成三類二十多種曲目：
大調 (cante jondo 或稱cante grande)，旋律深沉、悲傷、節奏緩慢。
中調 (cante intermedio)，旋律明朗、流暢、不急不徐。
小調 (cante chico)，旋律活潑亮麗、節奏快速。

### 5 西班牙在世界上的觀光發展

每年到西班牙觀光旅遊的人數大約五千多萬人次，觀光客在西班牙花費年達五百多億美元。西班牙觀光業產值佔國內生產總值的一成，相關從業人員佔總就業人口也達一成，觀光產業成為西班牙經濟主力來源。

一個總人口數四千多萬的國家，為何每年湧入五千多萬人次觀光客？西班牙到底有何法寶可以吸引這麼多的觀光客呢？

首先是觀光景點眾多：西班牙擁有40多個文化古蹟被聯合國教科文組織列入世界遺產，排名居世界第二，這些古蹟蘊含羅馬帝國時期建築風格、回教建築風格、猶太教建築及天主教王國等多元民族與文化，使得西班牙的文化資產比其他國家更具特殊性、更具多元性。

其次是自然條件優異：位居大西洋及地中海兩大水域之間，海岸線長、地貌豐富；東部及南部是得天獨厚的地中海型氣候，取之不盡、用之不竭的陽光和沙灘，一年四季都適合觀光旅遊，也造就了西班牙觀光旅遊蓬勃發展的景象。

### 6 西班牙在世界上的商務地位

西班牙除了觀光旅遊業發達，其他產業也有一定的地位：
農業——西班牙農業發達，是歐盟蔬果主要生產國及出口國之一，在歐盟蔬果貿易中，西班牙出口佔了三分之一；橄欖油的產量和出口量皆居世界第一；柳橙年產量居世界第四位、出口量則居世界第一；葡萄酒產量居世界第三。
畜牧業——肉品加工十分發達，產量居歐盟第二位，其中又以火腿(jamón)聞名全世界。全世界最貴的火腿就是西班牙出產的。
漁業——西班牙是捕魚大國，在歐盟諸國中名列第一；養殖業也相當發達，牡蠣養殖是其大宗，水產消費僅次日本，居世界第二。
工業——西班牙工業體制完善，水準亦高。傳統工業包括紡織、建築、採礦、鋼鐵、製造、製鞋、食品加工；新興工業則包括汽車、機械、化工、電子、通訊、及航空業。其中皮鞋製造與義大利、葡萄牙共享製鞋王國的美譽； 造船業也名列前茅；皮件時裝名牌Loewe及平價時裝品牌Zara也廣為人知。

（本文由輔仁大學西班牙語學系兼任講師 Lucas Yu 執筆）

# 01

# 發音
字母 母音
發音 音重音

主要由目前西班牙當地正在使用的會話組成。同時，也都是很簡短的句子，對於初學者來説，可以很輕鬆地學會。

# 字母 [Alfabeto]

| 字母 | 讀音 | 字母 | 讀音 |
|---|---|---|---|
| **A** a | 似英文的 [ ɑ: ] | **H** h | 似英文的 [ ´ɑ:tʃɛ ] |
| **B** b | 似英文bed的 [ bɛ ] | **I** i | 似英文的 [ i: ] |
| **C** c | 似英文的 [ θɛ ] | **J** j | 似英文的 [ ´hɔ:dɑ: ] |
| **Ch** ch | 似英文的 [ tʃɛ ] | **K** k | 似英文的 [ gɑ: ] |
| **D** d | 似英文的 [ ðɛ ] | **L** l | 似英文的 [ ´ɛlɛ ] |
| **E** e | 似英文的 [ ɛ ] | **Ll** ll | 似英文的 [ ´ɛʒɛ ]<br>＊跟英語的 y 發音相似 |
| **F** f | 似英文的 [ ´ɛfɛ ] | **M** m | 似英文的 [ ´ɛmɛ ] |
| **G** g | 似英文的 [ hɛ ] | **N** n | 似英文的 [ ´ɛnɛ ] |

西班牙語和英語一樣使用羅馬字母，一共有30個字母。

| 字母 | 讀音 | 字母 | 讀音 |
|---|---|---|---|
| **Ñ** ñ | 似英文的 [ˊɛniɛ]<br>＊發音相當於 n+y | **T** t | 似英文的 [ʒɛ] |
| **O** o | 似英文的 [ɔ:] | **U** u | 似英文的 [u:] |
| **P** p | 似英文bet的 [bɛ] | **V** v | 似英文的 [ˊu:ʒɛ] |
| **Q** q | 似英文的 [gu:] | **W** w | 似英文的 [ˊu:bɛˊðo:blɛ]<br>[blðo:ʒɛˊu:] |
| **R** r | 似英文的 [ˊɛrɛ] | **X** x | 似英文的 [ˊɛgi:s] |
| **-** rr | 似英文的 [ˊðo:blɛˊɛrɛ]<br>注意，rr沒有大寫!! | **Y** y | 似英文的 [i:griɛgɑ] |
| **S** s | 似英文的 [ˊɛsɛ] | **Z** z | 似英文的 [ˊθɛdɑ:] |

注意　1 ch, ll ,ñ，rr是英語中沒有的字母，具有特別的音值。其中，ch, ll ,rr是二合字
　　　　母，是不可以分開的。ch及ll是屬於單獨的字母，不會分開使用。
　　　2 k和w是古典西班牙語中沒有的字母，因此，只用於外來語。
　　　3 所有字母都被當成陰性單數名詞。

## A 母音

**1 單母音** 母音有 a・e・i・o・u 五個，其中的 a・e・o 是強母音，i・u 則是弱母音。

---

### A a

發音似英文father的[ ɑː ]。

 el agua　水

 la cama　床

---

### E e

似英文elephant的[ ε ]。

 la mesa　桌子

 el perro　狗

---

### I i

似英文green的[ iː ]。

 la tinta　墨水

 el vino　葡萄酒

---

### O o

似英文off的[ ɔː ]。

 la boca　嘴

 el ojo　眼

---

西班牙語的表示體系是表音文字。因此，即使沒有其他
的發音記號，邊讀邊寫也不會有太大的困難。

似英文cool的[ uː ]。

 la luna 月亮

 el suelo 地面

**2 二合母音** 強母音和弱母音一起使用的單一音。

| | | | |
|---|---|---|---|
| **el ai**re | 空氣 | **el** piano | 鋼琴 |
| **el au**to | 汽車 | **el** agua | 水 |
| **oi**ga | 喂 | **la** hierba | 草 |
| **vei**nte | 二十 | **la** puerta | 門 |
| **la deu**da | 債 | **el** idioma | 語言 |
| **el cui**dado | 注意 | cuatro | 四 |
| **la viu**da | 遺孀 | **la** cuota | 會費 |

**3 三合母音** 主要用於動詞的第二人稱複數式，主要形式是【弱母音＋強母音＋弱母音】。

- **iai** estudiáis 你們學習 >> estudiar 的陳述式第二人稱複數

- **iei** cambiéis 你們改變 >> cambiar 的虛擬式第二人稱複數

- **uai** Uruguay 烏拉圭 >> y 發[i]的音。

- **üei** averigüéis 你們調查 >> averiguar 的虛擬式第二人稱複數

## B 子音

| | |
|---|---|
| **b‧v** | 發音似英文bed的[ b ]。 |

 la **b**oda 結婚典禮　　 el a**v**e 鳥

| | |
|---|---|
| **c** | 在母音a, o , u以及子音前面時，發音似英文good的[ g ]。；在母音e, i前面時，則似英文think的[ θ ] |

 la **c**ara 臉　　 el **c**ielo 天空

| | |
|---|---|
| **ch** | 發音似英文check的[ tʃ ]。 |

 el mu**ch**acho 小孩　　 o**ch**o 八

| | |
|---|---|
| **d** | 發音似英文then的[ ð ]。詞尾的d無音或是發輕音。 |

 la **d**ama 貴婦　　 uste**d** 您

| | |
|---|---|
| **f** | 發音跟英語的[ f ]相似。 |

 **f**ácil 簡單的　　 el **f**ideo 麵、麵條

**g**

在a, u, ui, ue o前面的時候，發音似英文gold的[ g ]；在e, i前面時，則似英文hand的[ h ]。

 el gusto　嗜好，喜歡

 el gigante　巨人

**h**

無音 — 不發音。偶爾，也會有要發音的單字。

 el hielo　冰塊

 el helado　冰淇淋

**j**

發音似英文hand的[ h ]，小舌要震動。

 la ceja　眉毛

 el jabón　肥皂

**k**

只出現在外來語。發音似英文good的[ g ]。

 el kilo　公斤

 el kiosco　書報攤

**l**

發音似英文leg的[ l ]。

 la pluma　鋼筆

 el sol　太陽

## B 子音

發音似英文 leisure 的[ ʒ ]。

 la llave　鑰匙

---

發音似英文man的[ m ]。

 el alumno　學生　　 la moneda　硬幣

---

發音似英文new的[ n ]。

antes　之前｜el enero　一月｜el ángel　天使｜el tranvía　電車

---

發音似英文canyon的[ nj ]。

 la muñeca　娃娃　　 el pañuelo　手帕

---

發音似英文spot的[ p ]；但不同於paper的[ p ]。

 el papel　紙張　　 el pino　松樹

發音似英文good的[ g ]。

 qué 什麼　　 quién 誰

中、英文皆無此音。r在詞頭或是在l , n , s 後面的時候，發音時要捲起舌尖；rr不在詞頭或是詞尾時，發音時要捲起舌尖，舌頭彈動多次。

la arena 沙 ｜ la oreja 耳 ｜ el carro 車 ｜ la tierra 土地

發音似英文safe的[ s ]。

 el secador 吹風機　ろ =  mismo 相同

發音似英文dog的[ d ]。

 el techo 天花板　　 el tomate 番茄

只使用在外來語上，發音似英文wind的[ w ]。

 el whisky 威士忌　 el winchester 機關槍

25

## B 子音

**x**

X+母音時發[ ks ]的音；X+子音時發[ s ]的音。

 **el examen** 考試　　 **el expreso** 快車

**y**

發音似英文yes的[ j ]。

 **ayer** 昨天（副詞）

**z**

發音似英文think的[ θ ]。

 **los zapatos** 皮鞋　　 **la cruz** 十字架

# 重音 [El Acento]

西班牙是有發重音的語言，重音位於音節中的母音的位置。重音有三個規則，其他的話就只能背起來。

**A** 以母音a，e，i，o，u 和子音n，s結束的單字，重音落在倒數第二個音節。

el amigo 朋友

la garganta 喉嚨

los gemelos 雙胞胎

注意，在e前面要發英文house的[ h ]音!

**B** 除了n，s之外，以其他子音結束的單字，重音落在最後一個音節。詞尾的y被認為是子音。

el director 經理

estar 在

hablar 說話

這裡不發音!!

**C** 不是以上兩個情形的話，要發重音的話，一定會有重音[Acento]符號。在那個地方發重音就可以了。i 的重音符號是 í。

el balcón 陽台

el café 咖啡

el lápiz 鉛筆

## 西班牙短篇知識 III

### 7 在西生活必備常識① （生活文化）

學習西班牙語，如果能對西班牙文化有個概略、粗淺的認識，將更有助學習：

**【地理位置】**

　　西班牙位於南歐伊比利半島，西北邊面向大西洋，北邊緊鄰坎達布連海，東北邊隔庇里牛斯山與法國為臨，東邊面向地中海，南邊隔直布羅陀海峽與非洲相望，西邊接葡萄牙，戰略位置非常重要，自古以來即是兵家必爭之地。

**【氣候】**

　　西班牙北部氣候潮濕屬海洋性氣候，雨多，林多，草原亦多。其餘地方乾燥，分屬大陸型及地中海型氣候。中部麥西達高原屬大陸型氣候，冬季寒冷，夏季酷熱。東部及南部海岸屬地中海型氣候，冬季氣候溫和。加那利群島屬亞熱帶氣候。

**【歷史】**

　　公元前三萬五千年左右開始有智人在伊比利半島活動，半島最早的住民是伊比利人(iberos)、巴斯克人(vascos)及塔特梭人(tartesos)，接著遷移至半島的是塞爾特人(celtas)。同時還有以貿易為由在半島建立據點的腓尼基人(fenicios)、希臘人(griegos)及迦太基人(cartagineses)。

　　後來迦太基人和羅馬人為了爭地中海霸權，導致羅馬人佔領了半島。羅馬勢力衰弱之際，西元五世紀初葉野蠻民族入侵，最後由西哥德人(visigodos)統一半島。

　　西哥德人內部分裂之際，阿拉伯人於公元711入侵半島，當時半島居民退居北部伺機反攻。反攻大業直到1492年才在公教國王(los Reyes Católicos)一阿拉貢(Aragón)國王費南多(Fernando)和卡斯提亞(Castilla)女王伊莎貝(Isabel)聯手，攻下阿拉伯王國的最後根據地格拉納達(Granada)。同年兩王贊助哥倫布，結果發現新大陸，導致今日中南美洲有19個國家講西班牙語。

　　之後進入到西班牙帝國，帝國後由費南多和伊莎貝的外孫，來自神聖羅馬帝國哈布斯堡王室(Habsburgos) 的卡洛斯一世(Carlos I)繼承，後來卡洛斯一世繼任神聖羅馬帝國皇帝，統治的版圖遼闊，成為「日不落國」。卡洛斯一世傳位給兒子菲力普二世(Felipe II)後，西班牙無敵艦隊被打敗，國勢開始衰敗。

　　1700年哈布斯堡王室卡洛斯二世無後嗣，由法國路易十四之孫波旁王室(Borbón)菲力普五世(Felipe V) 繼任，波旁王室一直延續到現在，現任西班牙國王璜卡洛斯(Juan Carlos)即屬波旁王室。

　　十九世紀初，在拉丁美洲的殖民地紛紛獨立，最後的殖民地也在1898年美西戰爭後割讓給美國。至此昔日「日不落國」風光不再。

　　1936至1939年西班牙內戰，戰後由佛朗哥(Franco)將軍施行獨裁，1975年後西班牙進入民主時代，施行君王立憲制，國王為虛位元首，行政實權則掌握在總理手中。

（本文由輔仁大學西班牙語學系兼任講師 Lucas Yu 執筆）

# 02

# 基本會話

## 必備表達

　　為了讓初學者可以輕鬆地學習西班牙語，本書的基礎會話由不同情況而組成。在進入本文之前，先來熟悉一下西班牙語的基本對話文，以便在實際會話中可以靈活使用。

**Ⅰ** 打招呼

 **01** 見面的時候

> # Buenos días. （早晨打招呼）　早上好。
>
> # Buenas tardes. （下午打招呼）　下午好。
>
> # Buenas noches. （晚上打招呼）　晚上好。

　　早晨／下午／晚上的打招呼用語都各自不同。Buenos días 是早晨的打招呼用語，跟英語的 Good morning 一樣。Buenas tardes 是下午的打招呼用語，如果用於道別的時候，它的意思便是「祝您有個愉快的下午」。當然，它也可以用於見面時。Buenas noches 是從傍晚到晚上這段時間見面或道別時都可以使用的打招呼用語。

　　見面的時候，如果太陽還沒有下山，就使用 Buenas tardes；天漸漸暗了的話，就使用 Buenas noches。這是最理想的用法。睡覺之前使用的話，意思則變成「晚安」。

>> bueno
好的、良好

在陽性單數名詞前面時，就變成 buen。
用於打招呼用語時，一般都會變成複數式的 buenos 陽性複數名詞，和 buenas 陰性複數名詞。

| | 單數式 | | 複數式 |
|---|---|---|---|
| ⓜ el día | 天、天氣 | | los días |
| ⓕ la tarde | 下午 | | las tardes |
| ⓕ la noche | 晚上 | | las noches |

## ¿Cómo estás (tú)? 你好嗎？

詢問健康狀態、心情等的打招呼用語。

¿Cómo estás?是朋友、家人、夫妻等比較親密關係之間使用的打招呼用語。第一次見面的人，或是關係不親密的人，要保持一定距離的情況時，又或是在正式場合時，都使用 ¿Cómo está usted?。這時候的回答是

| | |
|---|---|
| Muy bien. | （我）很好。（健康，心情）很好。 |
| Regular. | 過得還可以。一般。 |

下面是反問對方的用語。

| | |
|---|---|
| ¿Y tú? | 那，妳呢？ |
| ¿Y usted? | 那，您呢（過得如何呢，您好嗎）？ |

>> cómo 跟英語的 how 意思相同。
怎樣的、怎樣

## ¡Hola! / ¿Qué tal? 你好！／過得如何？

Hola 跟英語的 Hello 一樣都是最基本的打招呼用語，意思是「你好」，用於親密的朋友之間。¿Qué tal? 是可以跟 ¿Cómo estás? 一起使用的打招呼用語。

 ¿Qué tal, Cecilia? Cecilia，妳好嗎？

 Muy bien. 很好。

Regular. (=Así, así) 還可以。

Muy mal. 一點也不好。

## 主格人稱代名詞

要無條件背起來喔。

### 1. 第一人稱 　我、我們

| 單數 | 複數 | |
|---|---|---|
| Yo　我 | Nosotros 我們<br>指純男性的「我們」或是包含一名以上男性的「我們」。 | Nosotras 我們<br>指純女性的「我們」。 |

### 2. 第二人稱 　你、你們、妳們

| 單數 | 複數 | |
|---|---|---|
| Tú　你 | Vosotros 你們<br>指純男性的「你們」或是包含一名以上男性的「你們」。 | Vosotras 妳們<br>指純女性的「妳們」。 |

### 3. 第三人稱 　您、他、她、您們、他們、她們

| 單數 | 複數 |
|---|---|
| Usted　　您 | Ustedes　　您們 |
| Él　　他 | Ellos　　他們 |
| Ella　　她 | Ellas　　她們 |

>> Usted　您 / Ustedes　您們

雖然意思是第二人稱，但是形態上屬於第三人稱。

>> 表示第三人稱單數（他）的Él若是出現在句子開頭的話，重音符號是可以省略的。

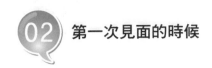 **第一次見面的時候**

> # Encantado. / Encantada.　　　很高興見到您。

　　這是第一次見面時通常會使用的表達。話者是男性時,使用Encantado,女性的話,則使用Encantada。

　　Mucho gusto. 也是經常使用的表達。某個人說出Mucho gusto.「很高興見到您。見到您,我很高興」的話,對方就會回答說 El gusto es mío「(反而)是我很高興」。

>> encantado (a) | 形容詞,主要用於初次見面時的打招呼,意思是「很高興見到您。」

 單字後面附的 ( ) 是用來區分男女的,o:男性、a:女性。

 **分開的時候**

> # Adiós. / Hasta luego.　　　再見。/待會兒見。

　　這是分開的時候使用的打招呼用語。Hasta luego「待會兒見。」是比較輕鬆的口吻。之外,Hasta la vista , Hasta pronto , Chao 等等也是一樣的意思。

　　Adiós 是比較正式的用法,意思是「請慢走。」Chao (=Ciao) 則是用於親密關係,意思是「再見」。

>> hasta<br>到~為止 | Hasta後面加上時間的話,意思是「什麼時候再見。」

>> Hasta mañana | 意思是「到明天為止(明天見)」。

## Ⅱ 感謝／道歉

 **01** 道謝的時候

> ¡Gracias! / ¡De nada!　　　謝謝。／您客氣了。

　　這是感受到對方的親切或是得到對方的幫助時，會使用的一般的「感謝」表達。Muchas gracias則是比一般的感謝還要來得鄭重，意思是「相當感謝。」

 Muchas gracias.　　　相當感謝您。

 De nada.　　　您客氣了。

 **02** 道歉的時候

> Lo siento. / Perdón.　　　對不起。／抱歉！

　　Lo siento是感到遺憾時使用的表達。Perdón則是想要某人請求原諒時使用的表達。

> Con su permiso. / Con permiso.　　不好意思！

　　這是對方對自己謙讓時使用的表達。

## Ⅲ 回答

 **01** 肯定和否定

| Sí / No. | 是。／不是。 |
| --- | --- |

　　回答問題時，使用方法跟英語的Yes和No一樣。當詞尾的語調上揚時，Sí?↗的意思是「是那樣嗎？」，No?↗的意思是「不是那樣嗎？」。

 ¿Eres Luis Miguel?　　　　你是Luis Miguel嗎？

 Sí, soy Luis Miguel.　　　　是的，我是Luis Miguel。

No, Soy García.　　　　　　不是，我是García。

 **02** 表達好或糟的時候

| Muy bien. / Muy bueno. | 很好。 |
| --- | --- |

bien 是副詞，bueno是形容詞，意思是「好」。

| Muy mal. / Muy malo. | 很糟。 |
| --- | --- |

mal是副詞，malo是形容詞，意思是「糟」。

 **03** 再次詢問的時候

## ¿Cómo? / ¿Cómo dice?   咦，你說什麼？

這是吃驚時，說「咦，你說什麼？」的時候，或是沒有聽清楚對方的話，再次詢問時所使用的表達。詞尾的音調要上揚。

之外，相類似的表達還有 ¿Perdón?，Otra vez , por favor 等等。

---

第一次見面時使用的打招呼用語

| Encantado. | Encantada. | Mucho gusto. |
|---|---|---|
| 很高興見到您。 | 很高興見到您。 | 很高興見到您。 |

| **自己是男生時** | **自己是女生時** | **可用於男生跟女生** |
|---|---|---|
| 同樣是男生時，還會握手。 | 同樣是女生時，會親吻一下。（吻臉頰） | 男女見面時也是親吻一下。（吻臉頰） |

**Un Besito**　　　**輕吻**

並不是只有第一次見面時才會輕吻或是握手。不管何時在學校或是公司碰面的時候，只要是好朋友的話，在路上碰到或是在晚餐派對上見到，或是放長假的前後，都會跟上述情況一樣通過握手、親吻等來打招呼。
親吻的話，左右各一次。（在南美，只會親吻右邊一次。）

# Ⅳ 請求

---

## Por favor. 拜託了。

跟英語的please類似，不過比please用得更廣泛。在表達請求時，經常使用por favor。

 ¿Te ayudo? 　　　　　需要幫忙嗎？

Sí, por favor. 　　　　　是的，拜託了。（請幫助我。）

Un café, por favor. 　　一杯咖啡，拜託了。（請給我一杯咖啡。）

>> favor | 和por一起使用，表示請求時，使用por favor。
好意、幫忙

---

## Un momento. 等等。（請等一下。）

在後面加上por favor的話，變成Un momento，por favor。這是更尊重的表達。這句話原本是Espere un momento,（por favor）。在這裡省略了Espere，但對文意並沒有影響。

 ¡Vino, por favor! 　　　請給我紅酒！

 Un momento. 　　　　請等一下。

>> espere | 這是動詞esperar（等待）的第三人稱單數的命令式。
請稍等。

37

 **V** 其他

**01** 打開話題時，打電話時

> ¡Oiga (por favor)! / ¡Oye!　　喂。／喂。

　　這是打開話題前使用的表達。不過，如果不是很正式的事情的話，也可以省略。Oye用於親密的關係之間，感覺比較輕鬆，用於引起對方注意時。

　　Oiga是打電話時的用語，意思是「喂」。接電話的人的回答是Diga。問路或是對第一次見面的人說話時，可以使用Oiga / Oye。不過，先使用Buenos días或是Buenas tardes等打招呼用語的話會更好。

接到電話時　　¡Diga!　喂。（請説話。）

打電話時　　¡Oiga! ¿Puedo hablar con María?

　　　　　　喂，我可以跟María講電話嗎？

**02** 其他

> ¡Vamos!　　　喔！（驚訝，高興）

表示驚訝或高興。

> ¡Vaya!　　　啊！

表示出錯或是失望。

¡Viva / ¡Hombre! / ¡Ánimo!　　萬歲！／哇！／加油！

表示歡呼聲。

¡Cállate!　　安靜！

¡Vete!　　　　　　出去！，走開！

要求某人離開。

¡Socorro!　　　　　救命啊！

表示緊急需要他人的幫忙。

## 西班牙短篇知識 IV

### 8 在西生活必備常識②（生活文化）

**【運動】**

西班牙最廣為人知的首推足球，其他如籃球、網球、手球、高爾夫球、帆船運動、F1賽車、摩托車賽、自行車賽等項目，也在國際間享有盛譽。

**【當代名人】**

體壇名人如網球名將納達爾(Rafael Nadal)、F1賽車好手阿龍索(Fernando Alonso)；影壇名人如電影導演索拉(Carlos Saura)、阿默多瓦(Pedro Almodóvar)及阿曼那巴(Alejandro Amenábar)；影星潘尼洛普•克魯茲(Penélope Cruz)、安東尼歐•班德拉斯(Antonio Banderas)、哈維爾•巴登(Javier Bardem)；歌劇界如名列世界三大男高音之多明哥(Plácido Domingo)及卡雷拉斯(José Carreras)；名歌手胡利歐(Julio Iglesias)、恩里奎(Enrique Iglesias)父子及阿雷杭德羅(Alejandro Sanz)；被譽為高第接班人的建築大師卡拉特拉瓦(Santiago Calatrava)。

**【宗教】**

公教國王(los Reyes Católicos)於十五世紀末獨尊天主教，影響及於近世，目前九成西班牙人信奉天主教。

**【時差】**

西班牙比臺灣時間慢7小時，夏令時間(三月至十月)則比臺灣時間慢6小時。

**【營業時間】**

銀行金融服務是週一至週五上午8點30分至下午2點。餐廳則是下午2點至5點；晚上9點至凌晨。

**【安全概念】**

西班牙旅遊業發達，來自世界各地的竊盜集團也聞風而至，所以到西班牙要做好防範措施，否則東方面孔的遊客很容易就成了竊賊眼中的肥羊。

重要文件不要隨身攜帶，要放旅館保險箱，出門帶護照影本即可；儘量不要帶背包、皮包、腰包，如攜帶則需隨時留意、不離開你的視線、不離身；旅行支票不宜事先簽名；避免單獨行動；避免深夜外出。

在西班牙旅遊期間隨時與駐西班牙代表處保持聯繫。如不幸遇劫，應立即至警局報案並請發給證明，以便後續辦理理賠、補發護照、機票等事宜。旅行支票或信用卡遺失或遭竊，應在第一時間向銀行申報作廢、止付。

（本文由輔仁大學西班牙語學系兼任講師 Lucas Yu 執筆）

# 本文
## 實用會話

好，
準備好了嗎？

　　會話主要由目前西班牙國內正統使用的西班牙語組成。同時，也都是很簡短的句子，對於初學者來說，可以很輕鬆地學會。

早安！
# Buenos días.

Track **03-1**

La profesora

Buenos días, muchachos.

Los estudiantes

Buenos días, señora.

La profesora

¿Cómo están ustedes?

Los estudiantes

Muy bien, gracias,
¿y usted?

La profesora

Muy bien, gracias.

## 中譯

| | | |
|---|---|---|
| ⏸ | 老師 | 大家早安。 |
| | 學生們 | 老師早安。 |
| | 老師 | 您們好嗎？ |
| | 學生們 | 非常好，謝謝！<br>老師呢？ |
| | 老師 | 托大家的福，很好。 |

Track **03-2**

 單字

| | | |
|---|---|---|
| | buenos días | 早安 |
| ⓜ | el muchacho | 小孩、少年 |
| ⓜ | el señor | ～先生 |
| ⓜⓕ | el (la) profesor (a) | 教授、老師／（女）教授 |
| | cómo | 怎樣 |
| ⓥ | están | estar 的第三人稱複數的現在時態 |
| | usted | 您 |
| | y | 還有 |
| ⓐⓓ | muy | 非常、很 |
| ⓐⓓ | bien | 好、很好、特別 |
| | gracias | 謝謝 |

43

基礎文法 解說

<table>
<tr><td>01</td><td>Buenos días</td><td>早安</td></tr>
</table>

　　跟英語的Good morning一樣，早晨／中午／傍晚都有各自不同的打招呼用語。

　　Buenos días是早晨打招呼用語，Buenas tardes是下午打招呼用語，用於道別時的話，意思是「祝你下午愉快。」當然，這句話見面時也可以使用。Buenas noches是從傍晚到晚上見面或道別時都可以使用的打招呼用語。

<table>
<tr><td>02</td><td>los muchachos</td><td>少年們、小孩們</td></tr>
</table>

　　所有的名詞都分成陽性和陰性，大部分陽性名詞以-o結尾，陰性名詞以 –a結尾。同時，在單數名詞後面加上 –s或是 –es的話，就會變成複數。

 陽性名詞 **–o**　　　　　 陰性名詞 **–a**

| 單數 | 陽性名詞- o | | 單數 | 陰性名詞- a |
|---|---|---|---|---|
| el muchacho | 少年 | | la muchacha | 少女 |
| el niño | 男孩子、小孩 | | la niña | 女孩子 |

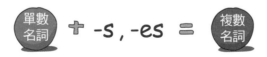

| 複數 | 陽性名詞- s | | 複數 | 陰性名詞- s |
|---|---|---|---|---|
| los muchachos | 少年們 | | las muchachas | 少女們 |
| los niños | 男孩子們、小孩們 | | las niñas | 女孩子們 |

¿Cómo estáis?　　　　（老師問候學生的時候）過得如何？

# estar = 英語的be動詞

跟英語的How are you ?一樣，都是詢問健康狀態、心情如何等時候使用的表達。動詞根據主語的人稱來做變化。因為主語是ustedes，所以使用第三人稱複數式的están。

están是 estar 的第三人稱現在複數時態。

estar相當於英語的be動詞，表示主語的狀態或存在的場所等。

04　　Muy bien, gracias　　　　　　　　　很好，謝謝。

¿Cómo están ustedes? 的回答是Muy bien , gracias. 很好，謝謝。跟英語的Fine, thank you.是一樣的意思。原本是要說 Estamos muy bien , gracias。不過，常常會省略動詞estamos（estar的第一人稱複數現在時態）。

05　　¿Y usted?　　　　　　　　　　　（那麼），您呢？

y的意思是『還有』，usted的意思是『您』。西班牙語跟英語的不同在於西班牙語有usted您這個尊稱。

tú的意思是「你」，usted是「您」。不過，usted的動詞變化跟第三人稱一樣。

 tú 你
用於朋友，家人等之間
使用第二人稱動詞變化

 usted 您
用於不親的人之間或是第一次見面的時候
使用第三人稱動詞變化

## 各種尊稱

señor放在男性名字或是職稱的前面，表示尊敬。當直接見面稱呼時，會省略定冠詞 el。señora跟señorita也是一樣會省略la。

~~el~~ + señor = ～先生　　~~la~~ + señora = ～夫人
省略　　　　　　　　　　　　省略

señor 先生
男性的尊稱，簡寫是Sr.

señora 夫人
已婚女性的尊稱，簡寫是Sra.

señorita 小姐
未婚女性的尊稱，簡寫是Srta.

usted 您
簡寫是Ud. 或Vd.

▶ usted >>它的複數式是ustedes（您們），簡寫是Uds. 或Vds.。

例 El señor Kim enseña español.　　金老師（稱呼的時候）教西班牙語。

　　　　　　　　　▶ enseña他教 >> enseñar（教）的第三人稱單數現在時態
　　　　　　　　　　　　▶ el español >> 西班牙語、西班牙人

Buenos días, señor Manuel.　　Manuel（直接見面稱呼時）先生，
　　　　　　　　　　　　　　　　您好。

# 簡單知道一下就可以的**名詞的性和數**

## ∷名詞的性 所有名詞都有性別，又分成單數和複數。

❶人和動物的話，跟原本的性是一致的。

| 陽性名詞 | | 陰性名詞 | |
|---|---|---|---|
| el padre | 爸爸 | la madre | 媽媽 |

❷其他名詞則以詞尾來區分。以-a, -d, -z , -ie, -umbre, -ción, -tión, -xión結尾的名詞是陰性名詞，以-o結尾的名詞則是陽性名詞。

| 陽性名詞 | | 陰性名詞 | |
|---|---|---|---|
| el oro | 金 | la moneda | 銅錢 |
| el bosque | 森林 | la amistad | 友情 |
| el amor | 愛 | la acción | 行動 |
| el animal | 動物 | la televisión | 電視 |

特例
》希臘語的外來語

陽性名詞
el día 天　el clima 氣候
el mapa 地圖

陰性名詞
la mano 手　la flor 花

## ∷名詞的單數和複數

❶在以母音結尾的名詞後面加-s。

**-母音** + **-s**　⑩ la carta 信　　　　▶ las cartas 信（複數）
　　　　　　　　 el muchacho 少年　▶ los muchachos 少年們

❷在以子音結尾的名詞後面加-es。

**-子音** + **-es**　⑩ el hotel 飯店　▶ los hoteles 飯店（複數）
　　　　　　　　 el rey 王　　　▶ los reyes 王、國王（複數）

❸以-c結尾的名詞的話，把-c換成-qu後，再加上-es即可。以-z結尾的名詞的話，把-z換成-c後，再加上-es即可。

**-c** + **-ques**　⑩ el frac 燕尾服　▶ los fraques 燕尾服（複數）
**-z** + **-ces**　　 el lápiz 鉛筆　▶ los lápices 鉛筆（複數）

一直用複數來使用的名詞　　las gafas 眼鏡　los pantalones 褲子
　　　　　　　　　　　　 las tijeras 剪刀　los zapatos 皮鞋

**estar**
**動詞變化**
「只要先知道這些就可以喔」

## estar動詞的不規則變化

　　西班牙語中的estar動詞和ser動詞相當於英語的be動詞。在這裡先來看看表示「存在・狀態・暫時的情況」等時estar動詞的變化。

## estar = 英語的be動詞

### ★ estar

| 單數 | | |
|---|---|---|
| Yo | 我 | estoy |
| Tú | 你 | estás |

| 複數 | | |
|---|---|---|
| Nosotros | 我們 | estamos |
| Vosotros | 你們 | estáis |

| 單數 | | |
|---|---|---|
| Usted | 您 | |
| Él | 他 | está |
| Ella | 她 | |

| 複數 | | |
|---|---|---|
| Ustedes | 您們 | |
| Ellos | 他們 | están |
| Ellas | 她們 | |

例 A: ¿Cómo está él / ella?　他／她過得如何？
　　　　　　　　　　　　　過得好嗎？

A: ¿Cómo estáis vosotros?　你們過得好嗎？

B: Estamos muy bien.　　　（我們）過得很好。

¿Cómo estás tú?
你過得好嗎？

Yo estoy bien.
我過得很好。

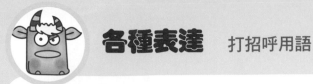 
## Buenos días.　　　　　　　　　　　　早上好。（早安）

Buenos días, señor.　　　　　　　早上好。（早安。）　[早晨打招呼]

Buenas tardes.　　　　　　　　　下午好。（午安。）　[中午打招呼]

Buenas noches.　　　　　　　　　晚上好。（晚安。）　[晚上打招呼]

## Hasta luego.　　　　　　　　　　　　待會兒見！

Adiós. 再見。

Hasta pronto. 再見。

Hasta mañana. 明天見。

## ¿Cómo le va? / ¿Qué tal?　　　　您好嗎？您過得如何？

**A:** ¿Cómo le va? 您過得如何？　　　　**B:** Todo va bien. 都很好。

## ¡Hola!　　　　　　　　　　　　　　你好！

跟英語的Hi一樣，隨時隨地都可以使用的打招呼用語。

# 02

我是Manuel Sánchez。

# Yo soy Manuel Sánchez.

Track **04-1**

Luisa

Oiga, ¿es usted el señor Sánchez?

Manuel

Sí, yo soy Manuel Sánchez.

¿Quién es usted?

Luisa

Yo soy Luisa Cruz.

Manuel

¡Adelante!

## 中譯

|  |  |  |
|---|---|---|
| ➠ | Luisa | 喂，您是Sánchez先生嗎？ |
|  | Manuel | 是的，我是Manuel Sánchez。 |
|  |  | 您是誰？ |
|  | Luisa | 我是Luisa Cruz。 |
|  | Manuel | 進來吧。 |

Track **04-2**

| ⓥ es | 您是～。>> ser（是～）的第三人稱單數現在時態 |
|---|---|
| el | 一般是使用在陽性單數名詞的前面的定冠詞 |
| ⓥ soy | 我是～。>> ser（是～）的第一人稱單數現在時態 |
| quién | 誰 >> 有關人物的疑問代名詞 |
| adelante | 進來 |

# 基礎文法 解說

**01** Oiga 喂！

oír是聽的命令式，相當於中文的喂。用在跟陌生人問路時，或是打電話時。

**02** ¿Es usted el señor Sánchez? 您是 Sánchez先生嗎？

雖然疑問句跟語順沒有關係，但是一般上是動詞＋主語。疑問句的前後用¿…?來表示。上面這句疑問句轉換成陳述句的話，就是Usted es el señor Sánchez。

## 句子的語順

1. 肯定句

主語 S ＋ 動詞 ＋ 補語 C

Yo ＋ soy ＋ Manuel Sánchez.
我　　　　是　　　　人名

2. **疑問句**　1）疑問句一般的句型是**動詞＋主語**。 跟語順沒有關係。（語順自由排列）

¿ 動詞 ＋ 主語 S ＋ 補語 C ?

Es ＋ usted ＋ el señor Kim
是嗎？　　　您　　　金先生
▶ el是表示男性的冠詞

例 ¿Hablas tú español? 你會西班牙語嗎？

52

2）有使用疑問詞的疑問句的話，它的語順是**疑問詞＋動詞＋主語**。

| Quién | + | es | + | ella |
|---|---|---|---|---|
| 誰 | | 是？ | | 她 |

例 Ella es mi hermana.　　　　　　　　她是我的姐姐。

▶ la hermana 姐妹、姐姐、妹妹
　 el hermano 兄弟、哥哥、弟弟

**疑問詞**

qué 什麼　　　　　　　quién 誰

cómo 怎樣　　　　　　cuándo 何時

cuánto 多少，怎麼　　dónde 哪裡

por qué 為什麼　　　　cuál 哪一個

**03** | Yo soy | 我是～。

soy是ser動詞的第一人稱的單數型，ser動詞後面接名字、職業等。

▶ 請參考p55

$$A \quad + \quad ser \quad + \quad B \qquad A是B。$$
$$=be動詞$$

Yo    +    soy    +    profesor.
我         是～        教授

例 Yo soy Manuel Sánchez.　　我是Manuel Sánchez。


**04** | ¡Adelante! | 請進。

Adelante原本的意思是往前、朝前、向前。使用於「請先走。」、「請先搭。」、「請先做。」等表示禮讓的時候。


**05** | Sí / No | 是／不是

肯定
○ Sí

回答是　　　　　　　　　+  動詞　　跟英語不同，在這裡不需要助動詞

否定
✕ No

例 A: ¿Es usted español?　　您是西班牙人嗎？
　　 Sí, (yo) soy español.　　是，（我）是西班牙人。
　　B: No, (yo) no soy español.　不是，（我）不是西班牙人。
　　 Soy coreano.　　　　　　我是韓國人。

## ser動詞的不規則變化

ser動詞和英語的be動詞一樣，都是表示主語的性質、職業、國籍等。此時會省略了冠詞。estar動詞則跟其相反（請參考p48），表示主語的狀態等。

ser ＝ be 動詞　　是～

★ ser 是～

| 單數 | | |
|---|---|---|
| Yo | 我 | soy |
| Tú | 你 | eres |

| | | |
|---|---|---|
| Usted | 您 | |
| Él | 他 | es |
| Ella | 她 | |

| 複數 | | |
|---|---|---|
| Nosotros | 我們 | somos |
| Vosotros | 你們 | sois |

| | | |
|---|---|---|
| Ustedes | 您們 | |
| Ellos | 他們 | son |
| Ellas | 她們 | |

例 Yo soy Juan.　　　　　　　我是Juan。

Tú eres estudiante.　　　　你是學生。　　▶ el estudiante 學生（高中生、大學生）

Él es profesor.　　　　　　他是教授。　　▶ el（la）profesor（a）教授（女教授）

Ellas son japonesas.　　　她們是日本人。

Uds. son colombianos.　　您們是哥倫比亞人。

# 簡單知道一下就可以的冠詞

## ::定冠詞　英語的 the

西班牙語的所有名詞都分成陽性和陰性。各個名詞的前面都要加冠詞。

|  | 單數 | 複數 |
|---|---|---|
| 陽性 | el | los |
| 陰性 | la | las |

陽性定冠詞　　　　　　　　　　　　陰性定冠詞

1）定冠詞要跟名詞的性，數保持一致性。

例　el libro　（那）書　　los libros（那些）書　▶ el libro 書

　　la casa　（那）家　　las casas（那些）家　▶ la casa 家

2）以a或ha開頭的陰性名詞中，若a或ha發重音時，要用陽性冠詞el代替la來使用。這是為了避開發音的混亂。只有在單數時這樣使用

例外　el ✚ 陰性名詞 ── a 或 ha 發重音時

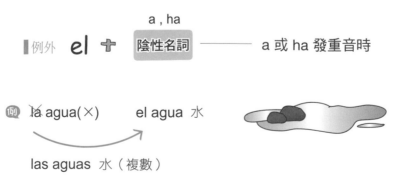

例　la agua(✗)　　el agua　水

las aguas　水（複數）

## :: **不定冠詞** 英語的 a/an

| | 單數 | 複數 |
|---|---|---|
| 陽性 | un | unos |
| 陰性 | una | unas |

un ✛ 陽性名詞　　　　una ✛ 陰性名詞

陽性不定冠詞　　　　　　　　陰性不定冠詞

1）不定冠詞要跟名詞的性，數保持一致性。

例 <u>un</u> libro　一本書　　　　<u>unos</u> libros　幾本書（複數）

<u>una</u> casa 一棟房子　　　<u>unas</u> casas　幾棟房子（複數）

2）跟定冠詞一樣，以a或ha開頭的陰性名詞，若a或ha發重音時，不定冠詞要用un代替una來使用。只有在單數時這樣使用

a , ha

▌特例　un ✛ 陰性名詞 ──── a或ha發重音時

例 <del>una</del> águila(×)　un águila　一隻老鷹

unas águilas　幾隻老鷹

（我是）出身於馬德里。
# Soy de Madrid.

Track **05-1**

Luis

Éste es el Sr. Manuel Sánchez.

Manuel

Encantado.
¿Cómo se llama usted, señorita?

Linda

Me llamo Linda Torres.
Encantada.
¿De dónde es usted, señor Sánchez?

Manuel

Yo soy de Madrid. Soy español.

## 中譯

| | | |
|---|---|---|
|  | Luis | 這位是Manuel Sánchez先生。 |
| | Manuel | 很高興認識您。小姐的名字是什麼？ |
| | Linda | 我的名字是Linda Torres。 |
| | | 很高興認識您。 |
| | | Sánchez先生，您是哪裡出身？ |
| | Manuel | 我出身於馬德里。 |
| | | 我是西班牙人。 |

Track 05-2

## ●單字●

| | | |
|---|---|---|
| | éste | 這個，這位（人）>> 指示代名詞 |
| ⓥ | se llama | 您叫～。您的名字是～。 |
| | | **llamarse** （叫～）的第三人稱單數現在時態 |
| | | **llamar** 也有「打電話」的意思。 |
| ⓜ | el español | 西班牙人、西班牙語 |
| ⓕ | la española | 西班牙女生 |

59

| 01 | Éste es | 這人（位），這是～。 |
|----|---------|---------------------|

éste是指示代名詞（陽性），陰性指示代名詞則使用ésta。要同時表示男性和女性時，則使用陽性的複數形éstos。

$$\text{éste} + \text{es~} \quad \text{這人是～}$$
$$\text{ésta} \qquad\qquad \text{這是～}$$

例 Ésta es María.      這人是María。
    Éste es el señor Fernando.      這位是Fernando先生。

## 指示代名詞

|  | 陽性 | | 陰性 | | 中性 | |
|---|---|---|---|---|---|---|
|  | 單數 | 複數 | 單數 | 複數 | 單數 | 複數 |
| 這個<br>離說話者較近 | éste | éstos | ésta | éstas | esto | |
|  | 單數 | 複數 | 單數 | 複數 | 單數 | 複數 |
| 那個<br>離聽話者較近，<br>聽話者已經知道<br>的事情 | ése | ésos | ésa | ésas | eso | |
|  | 單數 | 複數 | 單數 | 複數 | 單數 | 複數 |
| 那個<br>離兩人都很遠 | aquél | aquéllos | aquélla | aquéllas | aquello | |

▶ 當不知道性別時，使用中性代名詞。

Encantado                                    很高興認識您。

　　說話者是男性時，使用encantado；女性則使用encantada。這個表達的意思是當第一次認識某人時，對那個人表示很高興認識對方。
跟Mucho gusto (en conocerle a usted) 的意思一樣。

encantado.

encantada.
= 
Mucho gusto.
很高興認識您。

例  Claudia, éste es el Sr. Fernando.
Claudia，這位是Fernando先生。

Encantada, Sr. Fernando. Me llamo Claudia.
很高興認識您，Fernando先生。我是 Claudia。

Encantado.
很高興認識您。

03  ¿Cómo se llama usted?                    您的名字是什麼？

　　當要問對方的名字時，可以使用這個表達。cómo是疑問詞，意思是「怎樣」。se llama則是動詞llamarse（名字是～）第三人稱單數現在時態。當然，動詞要跟隨主語變化。

例  ¿Cómo te llamas (tú)?          你的名字是什麼？

Me llamo Mario Valencia.       我的名字是Mario Valencia。

(Yo) Me llamo José.            我叫José。
¿Cómo se llaman Uds.?         您們貴姓大名？

## llamarse動詞的規則變化

規則變化的動詞，用-o，-as，-a，-amos，-áis，-an代替-ar就變成現在時態。

★**llamarse** 名字是～、叫做～

詞間 詞尾 —→ 反身動詞型的詞尾：反身動詞的話，跟化身人稱代名詞一起記下來。

＝似英語的Y發音。

| 單數 | |
|---|---|
| me llamo | 我的名字是～ |
| te llamas | 你的名字是～ |
| se llama | 您（他、她）的名字是～ |

| 複數 | |
|---|---|
| nos llamamos | 我們的名字是～ |
| os llamáis | 你們的名字是～ |
| se llaman | 您（他、她）們的名字是～ |

❓ -ar 動詞的規則變化 ▶ 請參考p72 ，在那裡將會詳細說明，這裡只要知道動詞變化就可以。

---

**04** | ¿De dónde es usted?　　　　　　　　　您是哪裡出身？

在講出身的時侯，用「**動詞ser+介系詞de+地名～出身**」來表示。
用國家名代替地名的話，就是表示國籍。

主語 S ＋ ser ＋ de ＋ 地名　　　～出身

例　¿De dónde es usted?　　　　您是哪裡出身？
Soy de Nueva York.　　　　我出身於紐約。

表示主格的第一人稱代名詞也經常省略。

¿De dónde es usted?　　　　您是哪裡出身（來自哪個國家）？
Soy de México. Soy <u>mexicano</u>.　　我是墨西哥籍。我是墨西哥人。

→ de＋國名可以用國籍形容詞代替。
Soy de Corea. = Soy coreano. 我是韓國人。

**國籍**

España
西班牙

Corea
韓國

例 el español　西班牙人（男）
la española　西班牙人（女）

el coreano　韓國人（男）
la coreana　韓國人（女）

Japón
日本

Estados Unidos
美國

例 el japonés　日本人（男）
la japonesa　日本人（女）

el americano　美國人（男）
la americana　美國人（女）

Taiwán 台灣　　　Taiwanés 台灣人（男）　　　Taiwanesa 台灣人（女）
Argentina 阿根廷　argentino 阿根廷人（男）　　argentina 阿根廷人（女）
Chile 智利　　　 chileno 智利人（男）　　　 chilena 智利人（女）
Uruguay 烏拉圭　 uruguayo 烏拉圭人（男）　　uruguaya 烏拉圭人（女）

　　在語言的前面加上陽性定冠詞el。國名的第一個字母要用大寫，但是語言名的第一個字母則跟英語不同，用小寫標示即可。

**el** + （國名）= 語言

Corea 韓國　　　　el coreano 韓文
China 中國　　　　el chino 中文
Inglaterra 英國　　el inglés 英文

**介系詞 de**

　　介系詞de表示出身、場所、所有和材質等。用於名詞的前面。

**de** + 名詞

1）出身及場所
2）所有，材質

Soy de Seúl.
我是首爾出身。

de Seúl 首爾出身的

el lápiz de Manuel
Manuel的鉛筆

el lápiz 鉛筆

el reloj de oro
金錶

el reloj 手錶／el oro 金

63

形容詞

『只要先知道這些就可以喔』

## 形容詞

形容詞直接修飾名詞，或是作為補語來使用。根據所修飾的名詞的性別、數，詞尾將作不同的變化。形容詞一般放於名詞的後面。

根據所修飾的名詞的性別、數，詞尾將作變化。

例　el libro nuevo　　　新書　　　　la casa nueva　　　新家
　　los libros nuevos　 新書（複數）　 las casas nuevas　新家（複數）

以–o結尾的形容詞，修飾陰性名詞時，把-o變成–a；表示複數的話，則加上–s。

以-o結尾的形容詞

陰性名詞 + -o → -a

| | 單數形容詞的詞尾 | 複數形容詞的詞尾 |
|---|---|---|
| 陽性 | -o | -os |
| 陰性 | -a | -as |

以–o以外的字母結尾的大部分形容詞的陽性和陰性都是一樣的，複數形則是加上–es。

以 – o以外的字母結尾的形容詞

陽性型形容詞  ＝ 陰性型形容詞

interesante　　interesante

例　el libro interesante　　有趣的書　　la película interesante　　有趣的電影
　　los libros interesantes　有趣的書　　las películas interesantes　有趣的電影
　　　　　　　　　　　　　　（複數）　　　　　　　　　　　　　　（複數）

## 基本形容詞

nuevo　新的
antiguo　舊的

grande　大的
pequeño　小的

alto　個子高的、高的
bajo　個子矮的、低的

pobre　貧窮的，不幸的
rico　富裕的

fácil　簡單的
difícil　困難的

Track **06-1**

Luis

¿Qué hace tu esposa, Manuel?

Manuel

Ella trabaja en una agencia de viajes.
Su oficina está cerca de aquí.

Luis

¡Qué bien!
Mi esposa es maestra.
La escuela está lejos de aquí.

職業：Manuel在講太太的職業。請仔細聽！

## 解析

| | | |
|---|---|---|
| ⫘➡ | Luis | Manuel，你的太太做（職業是）什麼？ |
| | Manuel | 她在旅行社工作。<br>辦公室就在這附近。 |
| | Luis | 很好耶!<br>我太太是老師。<br>學校離這裡很遠。 |

Track 06-2

| | | |
|---|---|---|
| ⓥ | hace | 做～ >> hacer（做～）的第三人稱單數現在時態 |
| ⓕ | la esposa | 妻子，太太 |
| ⓥ | trabaja | 工作／上班 >> trabajar（做～）的第三人稱單數現在時態 |
| | en | （表示時間、場所的範圍）在～、～之內 |
| | su | 他的、她的、您的 >> 第三人稱所有形容詞 |
| ⓕ | la oficina | 辦公室 |
| 𝗮𝗱 | cerca | 近、離很近 |
| ⓕ | la maestra | （女）老師 |
| ⓕ | la escuela | 學校 |
| 𝗮𝗱 | lejos | [+de]離～很遠、離很遠 |

67

## 基礎文法解說

| 01 | ¿Qué hace? | 您是做什麼的？您的職業是什麼？ |

這是表示職業和身分的表達。

### ¿Qué hace?~ 您是做什麼的？

例 ¿Qué es su esposo?　您的老公是做什麼的？（職業是什麼？）
　　　　　　　　　　　　▶ es >>ser的第三人稱的單數式
　　　　　　　　　　　　　　el esposo 丈夫

　Él es médico.　　　　他是醫生。

也可以用動詞hacer代替ser來使用。

例 ¿Qué hace usted?　　您是做什麼的？
　= ¿A qué se dedica?　您的職業是什麼？
　Soy empleado.　　　　我是公司職員。

### hacer動詞的不規則變化

　　來看看Hacer動詞的變化。當動詞hacer（做～）出現不規則變化時，請背下來。只有在第一人稱單數時，才會出現不規則變化。

### ★ hacer 做～

| 單數 | | | 複數 | | |
|---|---|---|---|---|---|
| Yo | 我 | hago | Nosotros | 我們 | hacemos |
| Tú | 你 | haces | Vosotros | 你們 | hacéis |
| Usted | 您 | | Ustedes | 您們 | |
| Él | 他 | hace | Ellos | 他們 | hacen |
| Ella | 她 | | Ellas | 她們 | |

el(la) profesor(a)
教授

el estudiante
學生

el médico
醫生

el(la) abogado(a)
律師

el/la taxista
計程車司機

el/la periodista
新聞記者

el actor
男演員

la actriz
女演員

| 02 | trabaja | 他（她）工作，上班。 |

trabaja是trabajar（工作）動詞的第三人稱單數現在時態。

例 Ella trabaja en el banco. 　　　　她在銀行工作。
Luis trabaja en la oficina. 　　　　Luis在辦公室上班。

## trabajar動詞的規則變化

詞尾是-ar的規則動詞，只要把詞尾換成 –o , -as , -a , -amos , -áis , -an即可。

▶ 請參考P72

### ★ trabajar 工作、上班

| 單數 | | | 複數 | | |
|---|---|---|---|---|---|
| Yo | 我 | trabajo | Nosotros | 我們 | trabajamos |
| Tú | 你 | trabajas | Vosotros | 你們 | trabajáis |
| Usted | 您 | | Ustedes | 您們 | |
| Él | 他 | trabaja | Ellos | 他們 | trabajan |
| Ella | 她 | | Ellas | 她們 | |

　　cerca是副詞，意思是「近的、在附近」。和動詞estar一起使用，意思是在附近～。

$$\underset{\text{在}}{\text{estar}} \quad \underset{\text{附近}}{\text{cerca}} \qquad \text{在附近～}$$

### 位置

　　看圖邊了解位置。

- sobre ～上面
- fuera 外面
- dentro 裡面
- detrás 後面
- delante 前面
- bajo ～下面
- lejos 遠的
- cerca 近的

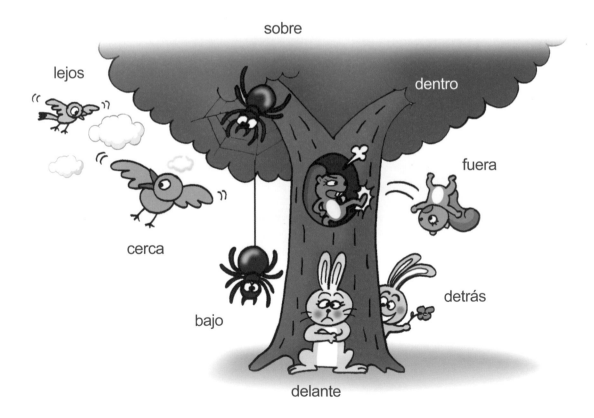

| 04 | ¡Qué bien! | 太好了！太棒了！ |
| --- | --- | --- |

感嘆詞的一種，在qué的後面加上名詞或形容詞來使用。這是日常會話中經常使用的表達。

Qué ＋ 名詞 / 形容詞 表示感嘆

例　¡Qué suerte!　運氣很好！

　　¡Qué pena!　真糟糕！

　　¡Qué rico!　真的很好吃！真的太好了！

▶ la suerte　運、好運

▶ la pena　痛苦、傷心

# 簡單知道一下就可以的**動詞活用現在時態**

## ::什麼是動詞？

　　動詞可以分成規則動詞和不規則動詞。在這裡，先來了解具有-ar，-er，-ir詞尾的規則動詞。規則動詞根據各自不同的人稱或數進行規則變化。根據詞尾可以分成 1）-ar 動詞 2）-er 動詞 3）-ir 動詞三種。

1）-ar動詞是規則動詞時，-ar可以變成 -o，-as，-a，-amos，- áis，-an。

2）-er動詞則把-er變成 -o，-es，-e，-emos，-éis，-en，

3）-ir 動詞的話，把-ir變成-o，-es，-e，-imos，-ís，-en。

 因為動詞是根據各自的人稱和數來做變化，所以經常省略yo，tú，él / ella / Ud.，nosotros，vosotros，ellos / ellas / Uds.。

### 規則動詞的活用

**① -ar 動詞**　　-o，-as，-a，-amos，-áis，-an

### ★ hablar 說

| 單數 | | | 複數 | | |
|---|---|---|---|---|---|
| Yo | 我 | hablo | Nosotros | 我們 | hablamos |
| Tú | 你 | hablas | Vosotros | 你們 | habláis |
| Usted | 您 | | Ustedes | 您們 | |
| Él | 他 | habla | Ellos | 他們 | hablan |
| Ella | 她 | | Ellas | 她們 | |

| 例 | Yo hablo español. | 我說西班牙語。 | |
|---|---|---|---|
| | ¿Hablas tú coreano? | 你會韓語嗎？ | |
| | | | |
| | Ella habla en voz alta. | 她大聲說話。 | la voz 聲音 |
| | | | alto (a) 高的、大聲地 |
| | Nosotros hablamos tres idiomas | 我們說三國語言。 | el idioma 語言 |
| | Ellos hablan muy rápido. | 他們說很快。 | rápido (a) 快的 |

**② -er 動詞**　　-o , -es , -e , -emos , -éis , -en

## ★ comer 吃

| 單數 | | | 複數 | | |
|---|---|---|---|---|---|
| Yo | 我 | como | Nosotros | 我們 | comemos |
| Tú | 你 | comes | Vosotros | 你們 | coméis |
| Usted | 您 | | Ustedes | 您們 | |
| Él | 他 | come | Ellos | 他們 | comen |
| Ella | 她 | | Ellas | 她們 | |

| 例 | Yo como tacos. | 我吃炸玉米餅。 | ▶ taco（墨西哥料理）炸玉米餅 |
|---|---|---|---|
| | Él no come carne de pollo. | 他不吃雞肉。 | ▶ carne de pollo 雞肉 |
| | ¿Comemos juntos? | 我們一起吃吧？ | ▶ junto 一起 |

簡單知道一下就可以的**動詞活用現在時態**

③ **-ir** 動詞　-o , -es , -e , -imos , -ís , -en

★ **vivir** 住

| 單數 | | |
|---|---|---|
| Yo | 我 | viv**o** |
| Tú | 你 | viv**es** |

| 單數 | | |
|---|---|---|
| Usted | 您 | |
| Él | 他 | viv**e** |
| Ella | 她 | |

| 複數 | | |
|---|---|---|
| Nosotros | 我們 | viv**imos** |
| Vosotros | 你們 | viv**ís** |

| 複數 | | |
|---|---|---|
| Ustedes | 您們 | |
| Ellos | 他們 | viv**en** |
| Ellas | 她們 | |

例　(Yo) Vivo en la calle Salvador. 　我住在Salvador街。
　　¿Vive usted solo? 　您一個人住嗎？
　　Ella vive en una casa bonita. 　她住在美麗的房子。
　　¿Dónde vivís vosotros? 　你們住哪裡？

▶ la calle 道路、街
▶ solo 只有一個、單一的
▶ bonita 美麗的
▶ dónde 哪裡

74

## ¿Dónde está...?　　　　　　　　　在哪裡？

¿Dónde está su oficina?　　　　　　您的辦公室在哪裡？

Está en la avenida San Martín.　　在San Martín街（路）。

▶▶ la avenida 林蔭大道

¿Dónde está el servicio?　　　　　廁所在哪裡？

Está a la izquierda.　　　　　　　　在左手邊。

▶▶ el servicio 廁所 ＝ el baño
▶▶ la izquierda 左邊　la derecha 右邊

¿Dónde está Manuel?　　　　　　　Manuel在哪裡？

Está fuera (de la casa).　　　　　（他不在家）在外面。

¿Dónde está mi libro?
我的書在哪裡呢？

Está sobre la mesa.
在桌子上。

75

# La Cultura

## 馬德里 VS 巴塞隆那

好!
今天來猜猜西班牙的首都是哪裡?

馬德里,是馬德里喔。

是皇家馬德里!皇家!

是FC巴塞隆那!

FC巴塞隆那~

呵呵,不會沒有跟得上哥哥的弟弟吧...
小子們,跟著我大聲喊~

皇家馬德~里
FC巴塞~隆那

皇家馬德里!

FC巴塞隆那!

孩子們~~
不要再鬧了。
仔細聽喔。

西班牙一共有17個自治區。首都是國王所在的馬德里Madrid。馬德里位於西班牙的中部,也是政治和經濟的中心,大約有480萬人口居住於此。包含馬德里在內的西班牙中部高原地區具有大陸型的乾燥氣候,特別是秋天的天氣更是讓所有歐洲人所羨慕。

馬德里一太陽之門

馬德里一主廣場(Plaza Mayor)

馬德里一卡斯提亞廣場

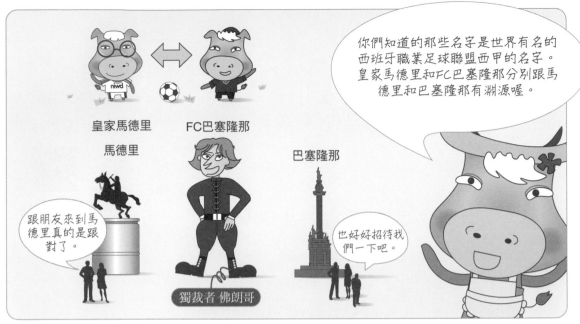

皇家馬德里　　FC巴塞隆那

馬德里

巴塞隆那

你們知道的那些名字是世界有名的西班牙職業足球聯盟西甲的名字。皇家馬德里和FC巴塞隆那分別跟馬德里和巴塞隆那有淵源喔。

跟朋友來到馬德里真的是跟對了。

獨裁者 佛朗哥

也好好招待我們一下吧。

巴塞隆那是西班牙第二大的城市，也是文化的中心之一。人口約有250萬名的巴塞隆那位於西班牙東北方的嘉泰羅尼亞（Cataluña）地區，使用嘉泰羅尼亞語。

巴塞隆那—黃金魚

巴塞隆那—鳥和女人像

之前也提過，嘉泰羅尼亞語和在馬德里使用的卡斯提亞語Castellano（=español）是有差異的。

巴塞隆那—哥倫布瞭望台

Track **07-1**

Linda

¿Comes siempre en tu casa?

Luis

No, casi nunca como en mi casa.
Pero a veces quiero comer en casa.

Linda

Sí. Tienes razón.
Casi siempre como en mi casa.

Luis

¡Qué bien !

## 中譯

| | | |
|---|---|---|
|  Linda | 你總是在家吃飯嗎？ |
| Luis | 不是，幾乎不在家吃飯。 |
| | 但是，有時會想在家吃飯。 |
| Linda | 是的，你說得沒錯。 |
| | 我幾乎都在家吃飯。 |
| Luis | 那真的是太好了。 |

Track 07-2

| | | |
|---|---|---|
| ⓐ | siempre | 總是、不論何時 |
| ⓥ | comes | （你）吃 >> comer（吃）的第二人稱單數現在時態 |
| ⓕ | la casa | 家 |
| | casi | 幾乎、大概 |
| | nunca | 從來也不（用於否定句） |
| ⓥ | como | （我）吃 >> comer（吃）的第一人稱單數現在時態 |
| | pero | 不過 |
| ⓥ | quiero | （我）想做～ >> querer（要、想做～）的第一人稱單數現在時態 |
| ⓥ | tienes | （你）具有 >> tener（有、擁有）的第二人稱單數現在時態 |
| ⓕ | la razón | 理性、道理、理由 |

## 基礎文法 解說

**01**    siempre                                       總是

siempre的意思是總是，不論何時，它是副詞，用於動詞的前面。

### siempre ✚ （動詞）      總是～

例 ¿Siempre estudia Luis en la biblioteca?
Luis 總是在圖書館學習嗎？

Yo siempre tomo té en casa.
我總是在家喝茶。

▶ estudiar 學習
la biblioteca 圖書館

▶ tomo是tomar（喝、吃）的第一人稱單數現在時態

el té 茶

**02**    casi nunca                       幾乎從來也不做～

casi的意思是「幾乎」，nunca的意思是「從來也不」。兩個單字一起使用表示否定。

### casi <u>nunca</u>    幾乎從來不做～
###      = no

例 Yo casi nunca bebo alcohol.
= Yo casi no bebo alcohol.
我幾乎不喝酒。

▶ bebo是beber（喝）的第一人稱單數現在時態

## 03 | pero 不過

pero 是表示不過、但是的接續詞。

例 Carmen no bebe alcohol, pero come mucho.

Carmen雖然不喝酒，但是吃很多。

▶ bebe是beber（喝）的第三人稱單數現在時態

## 04 | a veces 有時、偶爾

介系詞 a 和名詞 veces 構成複合詞，意思是有時候。
veces 是vez的複數式，由 z 變成c之後，再加上 –es。

> **a veces** 有時候
>
> cf. **muchas veces** 好幾回

例 Luis va al campo a veces.　Luis 有時候回去鄉下。

## 05 | quiero 想做～、希望

quiero 是querer（想做～、希望）的第一人稱單數現在時態。
querer不規則動詞後面接動詞時，一定要使用動詞原形。而且，比
desear動詞所表達的想要程度還要更強。

querer + 動詞原形　想做～、希望

## ★querer 想做～、希望

| 單數 | | 複數 | |
|---|---|---|---|
| Yo | quiero | Nosotros | queremos |
| Tú | quieres | Vosotros | queréis |
| Usted<br>Él<br>Ella | quiere | Ustedes<br>Ellos<br>Ellas | quieren |

例 Nosotros queremos viajar. 我們想去旅行。
　　　　　　　　└→動詞原形

Quiero estudiar el español. （我）想學習西班牙語。
　　　　└→動詞原形
María quiere cenar. 　　　María想吃晚餐。
　　　　　└→動詞原形

疑問句的表達如下。

# ¿No quieres ＋ 動詞原形 ？　不想做～嗎？

例 ¿No quieres comer conmigo? 不和我吃飯嗎？
　 Sí. 要。

querer 的受詞是人或是其他名詞的時候，意思是「愛～、喜歡～」。

(Yo) Te amo..
（我）愛你。（英語的I love you.）

(Yo) Te quiero.
（我）喜歡你。

| 06 | con ~ | 和〜一起（英語的with） |

con mucho gusto（對對方的拜託）的意思是很樂意那樣做。這是慣用語。No, gracias（不，不客氣。）則跟英語的No, thank you是同樣的表達。

## con ＋ ~　　　和〜一起

con + mí = conmigo　和我、和我一起
con + ti = contigo　和你、和你一起

例 ¿Quieres tomar un café?　　　你要喝杯咖啡嗎？
　 Con mucho gusto. / No, gracias.　好（很樂意）／不，謝謝。

| 07 | Tienes razón | 你說的話沒錯。（對） |

tienes是tener（具有、擁有）的第二人稱單數現在時態，tienes razón是慣用語，意思是你說的話沒錯。

## ★tener　具有、擁有

| 單數 | | 複數 | |
|---|---|---|---|
| Yo | tengo | Nosotros | tenemos |
| Tú | tienes | Vosotros | tenéis |
| Usted<br>Él<br>Ella | tiene | Ustedes<br>Ellos<br>Ellas | tienen |

例 Ella tiene razón.　　　她的話是對的。
　 Uds. tienen razón.　　您們的話是對的。

Track **08-1**

Luis

¿Qué haces?

Linda

Escribo a mi hermana.

Luis

¿Dónde vive ella?

Linda

(Ella) Vive en Toledo.
La próxima semana viene a Madrid.

Luis

Mi abuelo vive en Toledo, también.

Linda

Toledo es una ciudad hermosa.

居住：Luis和Linda正在講妹妹和爺爺的居住地。

## 中譯

 Luis　　你在做什麼？

Linda　　我在給妹妹寫信。

Luis　　（她）住哪裡？

Linda　　她住在托利多。
　　　　下週她會來馬德里。

Luis　　我的爺爺也住在托利多。

Linda　　托利多是美麗的城市。

Track 08-2

| | | |
|---|---|---|
| | qué | （疑問詞）什麼 |
| ⓥ | haces | 做～ >> hacer 的第二人稱單數現在時態 |
| ⓥ | escribo | 寫（字、信） >> escribir ～ 寫的第一人稱單數現在時態 |
| ⓕ | la hermana | 姊妹 |
| | dónde | 哪裡 |
| ⓥ | vive | 住在～、生活 >> vivir（住～）的第三人稱單數現在時態 |
| ⓐ | próximo(a) | 下個 |
| ⓕ | la semana | 週、週間 |
| ⓥ | viene | 來 >> venir（來）的第三人稱單數現在時態 |
| ⓜ | el abuelo | 爺爺 |
| ⓐⓓ | también | 也～ |
| ⓕ | la ciudad | 城市 |
| ⓐ | hermoso(a) | 美麗的 |

## 基礎文法 解說

---

**01** | ¿Qué haces? 　　　　　　　　　　在做什麼？

hacer 的意思是「做～、製作～」。使用於兩個情況，一是詢問「身分或地位」的時候；二是詢問「在做什麼」的時候。

▶ 請參考 p68

**¿Qué haces?**　　1. 詢問身分或地位的時候
　　　　　　　　　　2. 詢問在做什麼的時候

例　¿Qué haces allí?　　　　　（你）在那裡做什麼？
　　Tomo café con mi amigo.　（我）和我朋友在喝咖啡。

▶ con 和～一起、具有～

---

**02** | escribo a ~ 　　　　　　　　　給～寫信（正在寫）

escribir a~意思是「給～寫信」。

**Escribir a ＋** 　對方　 **给～寫信**

例　Escribo a mis padres.　　　我正在給父母親寫信。

▶ los padres 父母 >> el padre 爸爸的複數
　 mis >> mi我的複數式所有形容詞

## 介系詞 a

① 給～：表示目的／對象

例 Escribo a mis padres.

我正在給父母親寫信。

例 Espero a mi amiga.

我在等朋友（女生）。

② 去～，用～，打算做～：表示去的場所。

例 ¿A dónde vas?　　去哪裡？
Voy al cine.　　去電影院。

▶ cine 電影院

③ 在～：表示時間或空間的點。

例 ¿A qué hora nos vemos?　　　　　　幾點見面呢？
(Nos vemos) A las once de la mañana.　早上11點（見面吧）。

▶ la hora 時間、～點

**所有形容詞**

位於所修飾的名詞的前面，詞尾根據名詞的性和數來做變化。

所有形容詞 ➕ 名詞
→ 根據後接的名詞來做變化

所有形容詞

| 修飾單數名詞的時候 | | | | 修飾複數名詞的時候 | | | |
|---|---|---|---|---|---|---|---|
| 所有形容詞 | 意思 | 所有形容詞 | 意思 | 所有形容詞 | 意思 | 所有形容詞 | 意思 |
| mi | 我的 | nuestro(a) | 我們的 | mis | 我的 | nuestros(as) | 我們的 |
| tu | 你的 | vuestro(a) | 你們的 | tus | 你的 | vuestros(as) | 你們的 |
| su | | 他／她／您（們）的 | | sus | | 他／她／您（們）的 | |

---

**03　dónde　　　　　　　　　　　　　　哪裡、在哪裡**

dónde是表示場所的疑問副詞，意思是「哪裡、在哪裡」。

**dónde** 哪裡、在哪裡
疑問詞

例　¿Dónde vive usted?　　　您住在哪裡？
(Yo) Vivo en Los Angeles.　　我住在LA。

**介系詞 en**

① 在～（場所或空間）

Él vive en Seúl.

他住在首爾。

Estamos en la calle.

我們現在在街上。

② 時間

Estamos en verano.

現在是夏天。
（我們現在處於夏天。）

---

**04** | la próxima semana | 下週

próximo (a) 的意思是「下次的、來、或是很近的、鄰近」。

| 表示時間的表達 | | | | |
|---|---|---|---|---|
| 天<br>día | 前天 | 昨天 | 今天 | 明天 | 後天 |
| | anteayer | ayer | hoy | mañana | pasado mañana |

| 週<br>semana | 上週 | 這週 | 下週 |
|---|---|---|---|
| | la semana pasada | esta semana | la próxima semana |
| 月<br>mes | 上個月 | 這個月 | 下個月 |
| | el mes pasado | este mes | el mes próximo |
| 年<br>año | 去年 | 今年 | 明年 |
| | el año pasado | este año | el año próximo |

| 05 | viene a Madrid | （她）來馬德里。 |

在句中經常省略主語（在這裡是ella），venir（來）的第三人稱單數現在時態是viene。它表示的是現在的動作。（她、他、您現在來、正在來）

動詞

（主語）＋ venir ＋ a ~ 1. 現在從～來、正在來～現在
2. 將要來～未來

## Venir 動詞的不規則變化

因為venir（來）動詞是不規則變化，所以一定要背起來。但其詞尾變化與規則動詞venir，可以用–o , –es , -e , -imos , -ís , -en 來代替詞幹–ir 。

## venir 來
不規則動詞

## vivir 生活
規則動詞

★ venir 來

| 單數 | | 複數 | |
|------|------|------|------|
| Yo | vengo | Nosotros | venimos |
| Tú | vienes | Vosotros | venís |
| Usted Él Ella | viene | Ustedes Ellos Ellas | vienen |

例 (Yo) Vengo de la iglesia.　　（我）從教會那邊過來。

▶ la iglesia 教會

Mañana ellas vienen a 她們明天來韓國。
Corea.

# 各種表達　家族 La familia

Track **08-3**

## 家族－各種稱呼

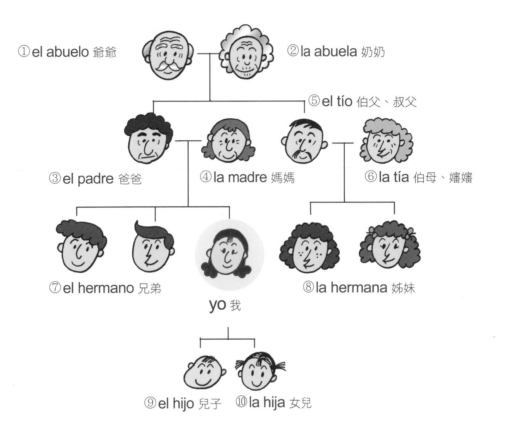

① el abuelo 爺爺　　② la abuela 奶奶

⑤ el tío 伯父、叔父

③ el padre 爸爸　　④ la madre 媽媽　　⑥ la tía 伯母、嬸嬸

⑦ el hermano 兄弟　　yo 我　　⑧ la hermana 姊妹

⑨ el hijo 兒子　　⑩ la hija 女兒

 ¿Cuántas personas hay en tu familia?　妳家有幾口人？

 Hay cuatro personas.　有四個人。

 ¿Quiénes son?　有誰跟誰？

 Son mi padre, mi madre, mi hermana y yo.　爸爸、媽媽、妹妹和我。

91

# La Cultura  美食的國度

西班牙並沒有一個代表性食物。不過，各地區都有各自的招牌美食。因此，西班牙食物反應出各地區的特色。

西班牙食物唯一的共同點就是一般都會加入大蒜和洋蔥，而且大量使用橄欖油。

吼～大蒜味好濃喔～

抱歉，我才剛吃了大蒜麵包…

大西洋

法國

●瓦倫西亞
大蒜整個磨碎後，灑在麵包上，再沾橄欖油來吃是相當有名的喔。

安達魯西亞

地中海

paella－西班牙大鍋飯是西班牙的餐廳中最常看到的菜單之一。把瓦倫西亞產的米，加上雞肉或是兔子肉等，和各種海產一起放在一起煮，再淋上由藏紅花上萃取出來的汁液。

好耶，我們最熟悉的西班牙料理「*pealla*」要登場了。

原來是
「西班牙式的燉飯」喔！
嗯，不用說明得太複雜。我
一眼看過去，就知道是炒
飯。

我也喜歡燉飯。
我最喜歡海產了，喜歡^^
不論是蝦子，還是蛤，我
都很喜歡。

還有加入了藏紅花，不會很貴
嗎？即使是那樣，還是很想吃
耶...那...
一定要吃的啦，哈哈

我居然比
「pealla」
還不如，
太過分了。

把女朋友跟食物來做交換。
我好聰明 ^_^

哇哇～～
有好多新鮮的海產和
水果，還有沙拉
耶！！

Las tapas分裝在小碟子上，種類非常多樣。通常
被當成開胃菜、點心或是下酒小菜來吃。

Track **09-1**

Luis

En Madrid hay un palacio antiguo, ¿verdad?

Linda

Exacto.

Luis

¿Cómo se llama el palacio?

Linda

Se llama Palacio Real.
También hay un museo famoso.
Se llama Museo del Prado.

**名稱：**Luis 和Linda在談論馬德里的城和美術館。

## 中譯

➠ Luis 　馬德里有座古老宮殿，對不對？

Linda 　對。

Luis 　那座宮殿的名字叫什麼？

Linda 　叫做皇宮。
　　　　也有一座有名的美術館。
　　　　叫做普拉多美術館。

Track **09-2**

| | | |
|---|---|---|
| ⓜ | el palacio | 宮殿 |
| ⓐ | antiguo(a) | 古代的、舊式的 |
| ⓕ | la verdad | **真實、事實** |
| ⓐ | exacto(a) | 準確的、精密的 |
| ⓥ | llamarse | 名字是～、叫做～ |
| ⓜ | el museo | 博物館、美術館 |
| ⓐ | famoso(a) | 有名的 |

## 基礎文法解說

| 01 | hay | 有～ |
| --- | --- | --- |

haber的第三人稱單數式，相當於英語的 there is , there are。它的意思是有～，因為是無人稱，所以不使用主語。

 ＋ haber ＋  有

> 因為是無人稱，所以不使用主語！

例 Si hay buenos, hay malos.      有好人，也會有壞人。

A：¿Qué hay en la oficina?      在辦公室有什麼呢？

B：Hay una mesa redonda y cuatro sillas.      有圓桌和四張椅子。

> ▶ la mesa 桌子
> redondo (a) 圓的
> la silla 椅子

A：¿Hay un hotel cerca de aquí?      這附近有飯店嗎？

B：Sí, hay uno.      是的，有一間。

---

比較 hay後面出現的名詞不可以使用定冠詞。

例 Hay el oro, Hay un oro （×） 有金子。

Hay oro （○）

| 02 | ¿verdad? | 真的吧？對吧？ |

這是說完話後，跟對方確認是否是真實時使用的表達。有 ¿verdad?、¿es verdad?、¿no es verdad?等各種表達方式。意思都是「真的吧？對吧？」，表示附加的疑問。

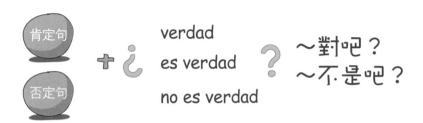

例 Te gusta el cine, ¿verdad?
你喜歡電影，對吧？

Él sale mañana para Busan, ¿es verdad?
他明天要去釜山，對吧？

| 03 | Exacto | 是的，沒錯。 |

這是同意對方的疑問或意見的表達。

例 A：Tú tienes diecinueve años, ¿verdad?　　你是19歲吧？

B：Exacto.　　　　　　　　　　　　　　　是的。（我是19歲。）

沒能直接回答對方的疑問或意見，拖延了些時間，很猶豫的時候使用的表達是pues...那個...。

## 讀數字I

『只要先知道這些就可以喔』

### 數字 El número

數字1~15都要無條件背起來！

0   cero

1   uno / un / una

uno在陽性名詞前使用 un，在陰性名詞前使用 una。

un ✚ 陽性名詞          una ✚ 陰性名詞

例 un hombre   一位男生           una mujer   一位女生

| | | | |
|---|---|---|---|
| 2 | dos | 9 | nueve |
| 3 | tres | 10 | diez |
| 4 | cuatro | 11 | once |
| 5 | cinco | 12 | doce |
| 6 | seis | 13 | trece |
| 7 | siete | 14 | catorce |
| 8 | ocho | 15 | quince |

**各種表達**　llamarse

## ¿Cómo se dice...?

…叫做什麼？

se dice ＝ se llama　叫做～

▶ dice（說）是decir的第三人稱單數現在時態。se dice 通常的意思是「叫做～」。

 ¿Cómo se dice esto en español?

這個用西班牙語叫做什麼？

= ¿Cómo se llama esto en español?

▶ en español 用西班牙語

Se dice diccionario.

叫做「diccionario」。

▶ el diccionario 字典

## ¿Cómo se escribe ...?

怎樣拼寫？

▶ escribe是escribir [寫（字）、寫（信）] 的第三人稱單數現在時態。

¿Cómo se escribe su nombre?

您的名字怎樣拼寫？

▶ su是usted（您的）所有格
el nombre 名字

Se escribe 'L-U-I-S'.
叫做「L-U-I-S」。

# La Cultura  藝術和文化的國度

La Sagrada familia

> 建築師高第 Antonio Gaudí

　　天才建築師高第於1852年在巴塞隆那出生，是19～20C西班牙最有名的建築師。

> 旁邊這張照片是聖家堂是西班牙的代表建築物。

> 喔喔～ヽ
> 看起來真的好貴氣喔。
> 好閃喔。

另外，巴塞隆納被稱為是「高第的國土」，有很多建築都應用高科技的施工方法。

馬德里－普拉多美術館內部

> 好多美術館喔。
> 我只知道畢卡索而已…
> 他在哪裡呢？

普拉多美術館

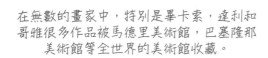
巴勃羅・畢卡索Pablo Picasso，薩爾瓦多・達利Salvador Dali，弗朗西斯科・哥雅 Francisco Goya

在無數的畫家中，特別是畢卡索，達利和哥雅很多作品被馬德里美術館，巴塞隆那美術館等全世界的美術館收藏。

您好～畢卡索爺爺^^哇，也有「格爾尼卡」耶。

達利的「站在窗邊的少女」和被普拉多美術館收藏的哥雅的「裸體的瑪哈」。

好棒喔！

哇～喔～

真的好美！我喜歡～

這裡是馬德里的Thyssen-Bornemisza美術館的內部。真的到這裡的話，可沒有像照片中一樣把所有名作都放一起喔。哈哈哈

哇哇～剛剛看到的哥雅的畫真是太棒了!!

馬德里－Thyssen-Bornemisza美術館的內部

101

我30歲。
# Tengo treinta años.

Manuel

¿Cuántos años tiene tu hermana?

Luisa

Tiene veintisiete años.
Ella lleva cinco meses aquí

Manuel

¿Cuántos años tienes?

Luisa

Tengo treinta años.

Manuel

¿Cuánto tiempo llevas aquí?

Luisa

Llevo un mes.
Pero, todavía no hablo bien español.

## 中譯

|  |  |  |
|---|---|---|
|  Manuel | 妳妹妹幾歲？ |
| Luisa | 27歲。 |
| | 她已經來這裡五個月了。 |
| Manuel | 妳幾歲？ |
| Luisa | 30歲。 |
| Manuel | 妳來這裡多久了？ |
| Luisa | 一個月了。 |
| | 不過，還是不會說西班牙語。 |

Track **10-2**

### 單字

| | | |
|---|---|---|
| ⓜ | el año | 年度、（年齡的）～歲 |
| | cuánto(a) | （跟分量、時間、價值相關的疑問詞）幾個的、多少 |
| ⓜ | el tiempo | 時候、時間、天氣 |
| ⓥ | llevo | **llevar**（帶去、過日子）的第一人稱單數現在時態 |
| ⓜ | el mes | 月 |
| ⓐⓓ | todavía | 還、到現在為止、依然 |
| ⓥ | hablo | **hablar**（說）的第一人稱單數現在時態 |

103

 基礎文法 **解說**

---

**01** | ¿Cuántos años tienes?　　　　　　　　　　你幾歲？

這是詢問年齡的一般表達。

陽性

Cuántos ＋ 複數名詞

幾～？

陰性

Cuántas ＋ 複數名詞

回答的方式是

數字 ＋ años　　　　　　　～歲

回答的方式是

 A：¿Cuántos años tiene ella?　　她幾歲？

　　B：Ella tiene veinte años.　　她20歲。

---

**02** | ¿Cuánto tiempo llevas~?　　　　　　　在～生活多久了？

llevas是llevar（生活、過）動詞的第二人稱單數現在時態。
cuánto在上面已經出現過了，意思是多少，根據後接單詞來做變化。
tiempo的意思有兩個，一個是時間，另一個是天氣。

例 A：¿Cuánto tiempo llevan sus padres aquí?　您的父母親來這裡多久了？

　　B：Ellos llevan seis meses.　　　　　　　　有六個月了。

## llevar 動詞的規則變化

### ★ llevar 拿去、帶去；具有、穿著；生活、過

| 單數 | | 複數 | |
|---|---|---|---|
| Yo | llevo | Nosotros | llevamos |
| Tú | llevas | Vosotros | lleváis |
| Usted<br>Él<br>Ella | lleva | Ustedes<br>Ellos<br>Ellas | llevan |

例 Ella lleva dinero en el bosillo.     她的口袋裡放著錢。

▶▶ el bosillo 口袋

José lleva la chaqueta.     José穿著夾克。

▶▶ la chaqueta 夾克

---

# tiempo

1.時間
2.天氣

**時間**   No tengo tiempo para nada.     我沒有做任何事情的時間。

**天氣**   ¿Qué tiempo hace hoy?     今天的天氣如何？

---

| 03 | No hablo bien español | 我西班牙語說得不好。 |
|---|---|---|

     hablo是動詞hablar（說）的第一人稱單數現在時態。通常使用於說語言的時候。bien是副詞，意思是「很好」。

## hablar ✛ 語言    說～語

## 讀數字II

『只要先知道這些就可以喔』

16    die**ci**séis

>16～20（20除外）的十位數和個位數之間使用 y 來變成簡縮版。如果有需要維持重音的話，一定要標上重音符號。

例   16   diez ✚ y ✚ seis = die**ci**séis    重音符號

「y」的簡縮版

26   veinte y seis = veintiséis

| | | | |
|---|---|---|---|
| 17 | die**ci**siete | 30 | treinta |
| 18 | die**ci**ocho | | |
| 19 | die**ci**nueve | 31 | treinta y uno |
| 20 | veinte | | ▶ 從30開始不使用簡縮版。 |
| 21 | veintiuno | | |
| 22 | veintidós | 40 | cuarenta |
| 23 | veintitrés | 50 | cincuenta |
| 24 | veinticuatro | 60 | sesenta |
| 25 | veinticinco | 70 | setenta |
| 29 | veintinueve | 80 | ochenta |
| | | 90 | noventa |

106

**100** cien（to）  在陽性、陰性名詞前面，省略詞尾to。

ciento + 名詞 ⤷陽性／陰性名詞

例 cien hombres 100名男生　　cien muchachas 100名少女

**101** ciento uno

**102** ciento dos
▶ 百位數和個位數之間不使用y。

---

### （四則運算）+ , - , × , ÷

① 加… y , más

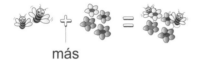

más

Dos más cuatro son seis. 　2 + 4 = 6
Tres y cinco son ocho. 　　3 + 5 = 8

② 減… menos

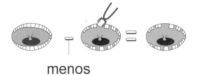

menos

Treinta menos diez son veinte.
30 - 10 = 20

③ 乘… por

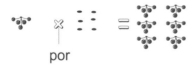

por

Cinco por seis son treinta.
5 × 6 = 30

④ 除… dividido entre

dividido entre

Cincuenta dividido entre diez son cinco.
50 ÷ 10 = 5

# ¿Qué edad tienes?

你幾歲？

¿Cuántos años tienes?　　　　　　　　　這是詢問年齡的另一種表達。

A: ¿Qué edad tienes?　　你幾歲？

▶ la edad 年齡、年紀

B: Tengo treinta años.　　30歲。

A: ¿Qué edad tiene tu madre?
你媽媽幾歲了？

B: Ella tiene cincuenta años.
50歲。

# llevas

生活、過（日子、時間）

A: ¿Cuánto tiempo llevas estudiando español?
你學西班牙語多久了？

B: Llevo dos años estudiando español.
我學西班牙語兩年了。

▶ estudiando 是estudiar（學習）的現在分詞

Llevo una semana en cama.
已經在病床上躺了一週了。

▶ 參考文法手冊p15-動詞
參考文法手冊p28-現在分詞

# La Cultura  慶典的國度

八月最後一週的星期三是**番茄祭**，場所是瓦倫西亞。

西班牙一年到晚都有各種各樣的慶典～

我打算要穿，還特意藏起來的內褲呢～是誰穿了？快說實話～

我想說話，但是說不出來～今天能撐到何時算何時吧～

一年前，你踩了我的腳。這次看我厲害～

孩子們，不要再玩了。我們去玩疊人塔～同心協力是很重要的，知道嗎？

啊～再往上的話，應該❤可以看到道明寺了吧^^::

孩子們！再加把勁～沒吃飯嗎？

果然在中間很不好

我何時才可以當no.1呢？

疊人塔大會在巴塞隆那舉辦，也叫做casteller。除此之外，還有，Cádiz和Las Fallas de Valencia等慶典在全國各地舉辦。

# La Cultura  鬥牛和佛朗明哥

## 鬥牛的起源

在西班牙新聞中，鬥牛並不會出現在體育版，而是出現在文化版。對於西班牙人而言，鬥牛並不是遊戲，而是具有人生哲學的一種儀式。

鬥牛一開始是為了祈求畜牧業的豐收，向神獻上死去的公牛的一種儀式。

這也是為何在鬥牛中不可不殺生的原因，不過這並不是鬥牛中最重要的章節。鬥牛士耍弄公牛的招式，也就是pase也是最精彩的部份。

鬥牛的正式活動是從三月的巴塞隆那的「煙火祭」開始，到十月薩拉戈薩的「Pilar慶典」才結束。

孩子們，
按順序排好隊!!
我來跟你們講講
鬥牛的故事。
這是有關同族間
的悲傷歷史。

編注：因為漫畫的主角也是牛，所以才說是同族。

鬥牛用的牛
大約有450～650kg的
3～4年生的牛

El picador 刺牛士

嘿～只要把這根插在牛的背上就可以了！！

El banderillero 札槍手　　　　　　El matador 主鬥牛士

**真實的瞬間** 鬥牛表演首先是由刺牛士（picador）在馬上用長槍刺牛，之後由札槍手（banderillero）把色彩鮮豔的標槍刺入牛背，最後主鬥牛士（matador）用劍深深地插入牛的心臟。

## 佛朗明哥

佛朗明哥可以大概分成「Flamenco Jondo」和「Flamenco Festero」。前者主要表達愛、幻滅、痛苦等黑暗的悲傷感情，後者則是表達慶典的明快愉悅，甚至搞笑的內容。

通常，我們知道的佛朗明哥指的是「Flamenco Jondo」。

佛朗明哥的全盛期是1860〜1910年，也被稱為「佛朗明哥的黃金時代」。

我也想學。

好好看喔。

佛朗明哥＝舞＋音樂

Cante 歌曲＋吉他演奏

哇〜好想你〜

我的女朋友是安達魯西亞出身，現在在馬德里的佛朗明哥的表演場跳佛朗明哥！

# 09 你去哪裡？
# ¿A dónde vas?

Track **11-1**

Luis

¿A dónde vas, Linda?

Linda

Voy a la oficina de correos.
Tengo que enviar un paquete y una carta.

Luis

¿Te ayudo?

Linda

¡Qué amable! Muchas gracias, Luis.

Luis

De nada.

## 中譯

| | | |
|---|---|---|
| ➡ | Luis | 你去哪裡，Linda？ |
| | Linda | 我去郵局。<br>我要去寄包裹和一封信。 |
| | Luis | 需要我幫忙嗎？ |
| | Linda | 你好親切喔！真的很謝謝你，Luis。 |
| | Luis | 不客氣。 |

Track **11-2**

| | | |
|---|---|---|
| ⓥ | vas | 去 >> **ir**（去）的第二人稱單數現在時態 |
| ⓥ | voy | 去 >> **ir**（去）的第一人稱單數現在時態 |
| ⓥ | enviar | 寄、送、發送 |
| ⓜ | el paquete | 包裹、寄件 |
| ⓕ | la carta | 信 |
| | te | 你，給你 >> **tú**（你）的受格 |
| ⓥ | ayudo | 幫忙 >> **ayudar**（幫忙）的第一人稱單數現在時態 |
| ⓐ | amable | 親切的 |

113

# 基礎文法 解說

## 01 ¿A dónde vas? 你要去哪裡?

dónde是表示場所的疑問副詞,意思是「哪裡、在哪裡、去哪裡」。和介系詞 a 一起使用的時,表示詢問目的地。

$$a \; + \; dónde \quad 去哪裡$$

例 A: ¿A dónde va usted? 您要去哪裡?

B: Voy al cine. 我去電影院。

Mi madre va al banco. 我的媽媽去銀行。

▶ el banco 銀行

## ir動詞的不規則變化

### ★ir 去

| 單數 | | 複數 | |
|---|---|---|---|
| Yo | voy | Nosotros | vamos |
| Tú | vas | Vosotros | vais |
| Usted | | Ustedes | |
| Él | va | Ellos | van |
| Ella | | Ellas | |

ir（去）的相反詞是venir（來），也是不規則變化,要多注意喔！！

▶ 請參考p90

114

| 02 | Tengo que enviar~ | 我必須要寄送～。 |
|----|----|----|

enviar意思是「寄送（信、包裹）」等，mandar則是「吩咐人或事物」。

 寄送信、包裹　 吩咐人或事物

tener原來的意思是有，具有。tener + que +動詞原形跟英語的 have to +動詞原形（一定要做～）都是用於表示義務或是決定必要的表達。

義務／需要 tener ✛ que ✛ 動詞原形 必須要做～

例
Tengo que irme ahora. 我現在必須要走。
(Ellos) Tienen que estudiar. 他們必須學習。
(Nosotros) Tenemos que trabajar. 我們必須要工作。

| 03 | ¿Te ayudo? | 你需要幫忙嗎？ |
|----|----|----|

ayudo是動詞ayudar（幫忙）的第一人稱單數現在時態，te是直接受詞，意思是「給你、對你」。

¿ 直接受詞 ✛ ayudar ~? 需要幫忙嗎？

例 A: ¿Le ayudo?　　　　　　　您需要幫忙嗎？

B: Sí, (ayúdeme) por　　是的，麻煩您（幫我的忙）了。

favor.

這裡的Le是您（usted）的直接受詞。

---

**04　¡Qué amable!　　　　　　　你好親切！**

¡Qué ＋ 形容詞!是感嘆句中的一種。
對方很親切的時候，經常跟表達感謝的話一起使用的話，起到強調的作用。

感嘆句　¡ Qué ＋ 形容詞 !　～啊！

¡Qué hermosa!
真的很美！

¡Qué bonita!
真的好美！

¡Qué raro!
真奇怪！

# ¡Bienvenido!　　　　　　　　　歡迎！

▶ bienvenido跟英語的welcome的意思相同，後面使用介系詞 a，意思是「歡迎來到～」。

| ¡Bienvenido a Corea! | 歡迎來到韓國。 |
| ¡Bienvenido a mi casa! | 歡迎來到我家。 |

# ¡Buen viaje!　　　　　　　　　旅途愉快！

▶ 形容詞「bueno 好的、善良的」跟「viaje 旅行」一樣的陽性單數名詞一起使用時，前面要變成buen。

¡Buena suerte!　　　　祝您好運！

▶ la suerte 幸運

¡Buen fin de semana!　　週末愉快，週末過得愉快。

▶ el fin 結束，終場

¡Buen viaje!
旅途愉快！

# ¡Ánimo!　　　　　　　　　　　加油！

▶ ánimo是名詞，意思是「力量、活力」，用於鼓勵對方。

Track **12-1**

Manuel

Vamos a ir al cine esta noche.
Y luego vamos a cenar en el restaurante italiano.

Linda

Lo siento. Yo no puedo.
Estoy un poco mal.

Manuel

Pues, ¿qué te parece mañana?

Linda

Mañana tampoco.
Tengo mucha tarea.

## 中譯

| | | |
|---|---|---|
|  Manuel | 今天晚上一起去看電影吧。 |
| | 看完之後，再去吃義大利餐廳。 |
| Linda | 不好意思，不行耶。 |
| | 我身體不舒服。 |
| Manuel | 那麼，明天如何？ |
| Linda | 明天也不行。 |
| | 有很多作業。 |

Track **12-2**

## 單字

| | | |
|---|---|---|
| ⓥ | vamos | 去 >> ir（去）的第一人稱複數現在時態 |
| ⓜ | el cine | 電影院 |
| ⓓ | esta noche | 今天晚上 |
| | luego | ～之後、緊接著、馬上 |
| ⓥ | cenar | 吃晚餐 |
| ⓜ | el restaurante | 餐廳、飯館 |
| ⓐ | italiano(a) | 義大利的 |
| ⓐ | poco(a) | 一點的、稍微的 |
| ⓓ | mal | 壞 >> **mal** 也是malo (a) [壞]的形容詞式。 |
| ⓥ | siento | 感到遺憾 >> **sentir**（感到遺憾）的第一人稱單數現在時態 |
| ⓥ | parece | 認為～ >> **parecer**（認為～、想法）的第三人稱單數現在時態 |
| ⓓ | tampoco | 也不～ |
| ⓕ | la tarea | 作業、課業 |

119

| 01 | Vamos a ir | 去吧，走吧！ |

Vamos a + 動詞原形 表示「提議、勸誘」，其意思「是一起做～」。

$$\text{Vamos a} + \boxed{\text{動詞原形}} \quad （我們）～一起做～！$$

例 Vamos a ir al cine. = Vamos al cine.
我們去電影院吧。

▶ Vamos ir（去）的第一人稱複數現在時態
▶ ir 不規則動詞變化，請參考p114

---

**參考**

| ir 動詞 + a + 動詞原形 　　　將做～ |

ir + a + 動詞原形 意思是「將做～」的未來時態，跟英語的be going to 意思相同。

$$\text{ir} + \text{a} + \boxed{\text{動詞原形}} \quad 將做～$$
$$=$$
$$\text{be going to} + 動詞原形$$

• Voy a tomar café.　　　　　　我要喝咖啡。
• ¿Vas a estudiar el inglés?　　你要學習英語嗎？

▶▶ el inglés 英語

## 02 | Lo siento 感到遺憾

siento是sentir（感覺，感到遺憾）的第一人稱單數現在時態。
一般上，Lo siento是用於表達想認同對方的意見，但是沒能認同時而感到的遺憾，或者是看到不好的事情，覺得真糟糕的慣用語。

**Lo siento** 感到遺憾
真糟糕（慣用語）

與此相類似的表達還有以下幾種。

例 Perdón. 對不起，失禮了。

A： Disculpa. 對不起。

B： No pasa nada. 沒關係。

## 03 | ¿Qué te parece...? ～如何？、怎樣想呢？

parece是parecer（看起來～、認為）的第三人稱單數現在時態。
這是詢問對方意見的表達。根據後面出現的名詞的數（單數／複數）變成parece或 parecen。

¿ **Qué te parece** ＋ 單數名詞 ? ～如何？
**Qué te parecen** ＋ 複數名詞 ～怎樣想？

例 ¿Qué te parece este vestido? 這衣服如何？
▶ el vestido 衣服，洋裝

¿Qué te parece el domingo? 週日如何？
▶ el domingo 週日

> 星期的表達除非和ser（是～）動詞一起使用，都要使用陽性定冠詞el。

▶ 星期

| 星期 | 星期一 | 星期二 | 星期三 | 星期四 | 星期五 | 星期六 | 星期日 |
|------|--------|--------|--------|--------|--------|--------|--------|
| 西班牙語 | lunes | martes | miércoles | jueves | viernes | sábado | domingo |

　　變成複數時，意思就是「每週～」。星期六和星期日在後面加-s，其他的則都是加上陽性定冠詞los。

例　el domingo　　　週日　　⟶　los domingos　　每週日

　　el viernes　　　週五　　⟶　los viernes　　每週五

---

**04　tampoco**　　　　　　　　　　　　　　　～也不是

　　también的意思是「～也是」，當認同對方所說的話時，所用的表達。肯定時，用también，否定時則用tampoco。

肯定　⟲　**también**　　**～也是**

否定　✕　**tampoco**　　**～也不是**

例　A: ¿A dónde vas?　　　　　去哪？

　　B: Voy al centro, ¿y tú?　　去城裡。你呢？

　　A: Yo, también.　　　　　我也是。（我也去城裡。）


　　A: No tengo dinero.　　　　我沒錢。

　　B: Yo, tampoco.　　　　　我也一樣。（沒錢）

## quiere decir　　　　　　　　　　表示

動詞querer（想做～）和decir（說）一起使用時，意思是significar（表示～）。

### querer decir ＝ significar 表示～

例 ¿Qué quiere decir eso?＝¿Qué significa eso?

那是什麼意思？

## parecer　　　　　　　　　　看起來是～、認為

¿Qué te parece esto?　　　　這個如何？

No me parece bien.　　　　好像不太好。

¿Qué le parecen estos zapatos?　您認為這皮鞋如何？

Me parecen bien.　　　　看起來很好。（好像很好）

Track **13-1**

Manuel

¿Te gusta la tequila?

Linda

Sí, me gusta mucho.
Pero ahora no quiero.

Manuel

Entonces, ¿quieres tomar cerveza?

Linda

No, prefiero jugo de naranja.

Manuel

Bueno, yo quiero tomar cerveza.
Tengo sed.

**嗜好**：Manuel和Linda在酒吧對話。請仔細聽！

## 中譯

| | | |
|---|---|---|
| ⏵ | Manuel | 妳喜歡龍舌蘭酒嗎？ |
| | Linda | 是的，我很喜歡。<br>但是，現在不想喝。 |
| | Manuel | 那麼，妳要喝啤酒嗎？ |
| | Linda | 不，我比較想喝柳橙汁。 |
| | Manuel | 好，我要喝啤酒。<br>我口渴。 |

Track **13-2**

| | | |
|---|---|---|
| ⓕ | la tequila | 龍舌蘭 >> 一種酒 |
| ⓐⓓ | ahora | 現在 |
| ⓥ | tomar | 喝、吃 |
| ⓕ | la cerveza | 啤酒 |
| ⓥ | prefiero | 偏好，它是 **preferir**（偏好）的第一人稱的單數現在時態 |
| ⓜ | el jugo | 果汁、汁 |
| ⓕ | la naranja | 柳橙 |
| ⓕ | la sed | 渴、口渴 |

# 基礎文法 解說

**01** | ¿Te gusta ...? | 喜歡～？

gusta的意思是「喜歡～、享受～」。它的用法比較特別。即，間接受詞扮演中文的主語。大多數只使用第三人稱的單複數。

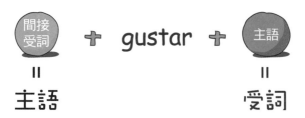

---

**Me** gusta mucho **la película española**. 我非常喜歡西班牙電影。
我                   西班牙電影

> 注意在這裡不使用Yo!!

▶ me的意思是「讓我～」，中文的主語在西文句型中成為受詞。上句西文直譯的話就是：“西班牙電影讓我喜歡上”。

---

例 Nos gusta la cerveza.　　　我們喜歡啤酒。

▶▶ la cerveza 啤酒

A: ¿Te gusta el perro?　　　你喜歡狗嗎？

B: Sí, me gusta (mucho).　　　是的，（非常）喜歡。
　 No, no me gusta.　　　不，不喜歡。

## 人稱代名詞：受格

人稱代名詞中的直接受格，也就是用於表示「誰」的人稱代名詞被叫做直接受格人稱代名詞。

| 直接受格人稱代名詞 | | | |
| --- | --- | --- | --- |
| **單數** | | **複數** | |
| me | 對我 | nos | 對我們 |
| te | 對你 | os | 對你們 |
| le 對他　/ la 對她<br>lo 對它 | | les 對他們　/ las 對她們<br>los 對它們 | |

當直接受格是男性的第三人稱時，通常會用le來代替lo來使用。

人稱代名詞中的間接受格，也就是用於表示「給誰」的人稱代名詞被叫做間接受格人稱代名詞。

| 間接受格人稱代名詞 | | | |
| --- | --- | --- | --- |
| **單數** | | **複數** | |
| me | 對我 | nos | 對我們 |
| te | 對你 | os | 對你們 |
| le (se) | 對他／她／您／它 | les(se) | 對他們／她們／您們／它們 |

如果間接及直接受格都是第三人稱的話，就不使用le，也不使用les，而要使用se。

prefiero是preferir a（比起～、更喜歡～；還不如選擇～）的第一人稱的單數現在時態。

a放在動詞preferir的後面，意思是「比～」。如果用o來代替a的話，o的意思是「或是、還是」，跟英語的or意思相近。

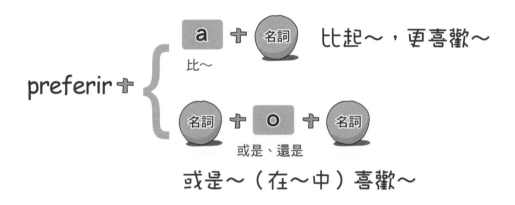

例 A: ¿Quieres beber cerveza?　　　要喝啤酒嗎？

B: No, prefiero comer.　　　　　不了，還是吃飯吧。

A: ¿Qué prefiere usted, cerveza o vino?
在啤酒和葡萄酒中，你更喜歡哪一個？

B: Prefiero vino.
我更喜歡葡萄酒。

A: ¿Quiere usted tomar cerveza?　給您啤酒嗎？

B: No, gracias. Prefiero vino.　　不了，謝謝。我要葡萄酒。

## 讀數字III

"只要先知道這些就可以喔"

| 101 | ciento uno |
| 102 | ciento dos |
| 103 | ciento tres |
| 114 | ciento catorce |
| 200 | doscientos（tas） |

200～900都有陰陽之分。

| 300 | trescientos（tas） |
| 400 | cuatrocientos（tas） |
| 500 | quinientos（tas） |

| 600 | seiscientos（tas） |
| 700 | setecientos（tas） |
| 800 | ochocientos（tas） |
| 900 | novecientos（tas） |
| 1.000 | mil |

用mil來表示的話，就沒有複數形。

| 1.001 | mil uno（na） |
| 2.000 | dos mil |
| 3.000 | tres mil |

1.000.000 un millón

注意在千單位時，是使用（.）。

millón是作為名詞來使用，因此為了修飾後面的名詞，必須加上介系詞de。

millión + de + 名詞

例 un millión de libros 百萬本書

129

各種表達　tener

Track **13-3**

# tener

具有

雖然意思是「具有」，但是跟不同的名詞一起使用時，就會有各種意思。

**¿Qué te pasa?** 什麼事？

Tengo hambre. 肚子餓。

Tengo sed. 口渴

Tengo frío. 冷。

Tengo calor. 熱

Tengo fiebre. 發燒

Tengo dolor de cabeza. 頭痛

Tengo prisa. 急

恭賀的表達

¡Feliz Navidad! 聖誕節快樂！　　¡Feliz año nuevo! 新年快樂！

¡Feliz cumpleaños! 生日快樂！　　¡Salud! 乾杯！

# La Cultura  EMU和EU

西班牙加入歐盟之後，就不再使用之前的貨幣peseta。從2002年1月1日開始正式使用euro（歐幣）。

歐盟是什麼？歐幣又是什麼呢？

媽媽～我也，我也，我也不知道。

很～～好的問題。好好來看一下下面的EU會員國地圖和說明吧。

　　EMU叫做貨幣統一或貨幣同盟，它的全稱是歐洲經濟暨貨幣同盟European Economic and Monetary Union。因此，EMU的出發點不只是單純地統一貨幣而已，而是通過統一貨幣來形成一個單一的市場。加入EMU，引進單一貨幣EURO的國家有西班牙、德國、法國、比利時、盧森堡、荷蘭、愛爾蘭、義大利、葡萄牙、芬蘭等27個會員國。

　　除了英國，瑞典，丹麥，其他參加EMU的11個國家於99年1月開始引進的單一貨幣的名字，並且從2002年1月1日開始紙幣和硬幣就全面性地在市場中開始流通。

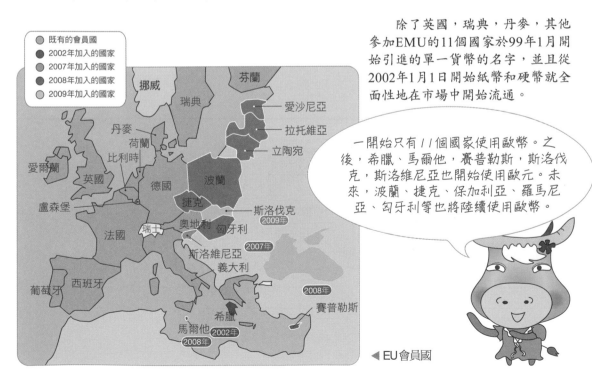

既有的會員國
2002年加入的國家
2007年加入的國家
2008年加入的國家
2009年加入的國家

挪威　芬蘭
瑞典
丹麥　愛沙尼亞
荷蘭　拉托維亞
比利時　立陶宛
愛爾蘭　英國　德國　波蘭
盧森堡　捷克
斯洛伐克 2009年
法國　瑞士　奧地利　匈牙利
斯洛維尼亞 2007年
西班牙　義大利
葡萄牙　希臘
馬爾他 2002年 　 2008年
賽普勒斯

一開始只有11個國家使用歐幣。之後，希臘、馬爾他，賽普勒斯，斯洛伐克，斯洛維尼亞也開始使用歐元。未來，波蘭、捷克、保加利亞、羅馬尼亞、匈牙利等也將陸續使用歐幣。

◀ EU會員國

131

# 12

今天是12月5日。

## Estamos a 5 de diciembre.

Track **14-1**

Linda

¿A qué estamos hoy?

Manuel

Estamos a 5 de diciembre.

Linda

Sí. Mañana es el cumpleaños de Luis.

Manuel

¿De verdad? No lo sabía.

Linda

Vamos a comprar algo para él.

Manuel

Es una buena idea.

132

## 中譯

> Linda　　今天是幾號？
>
> Manuel　今天是12月5日。
>
> Linda　　是喔，明天是Luis的生日。
>
> Manuel　（那是）真的嗎？我不知道。
>
> Linda　　來為他買點什麼吧。
>
> Manuel　好主意。

Track **14-2**

| diciembre | 12月 |
| --- | --- |
| ⓜ el cumpleaños | 生日 >> 經常使用複數形 |
| ⓥ comprar | 買，購買 |
| algo | 怎樣的、什麼的 >> 表示事物的數量的不定詞／若干，多少 |
| para | 為了～ |
| ⓕ la idea | 想法 |

**01** Estamos a 5 de diciembre　　　　今天是12月5日。

Estamos a的意思是「我們在～（日子）」。即，「今天是～（日子）」的意思。要注意的是在日期前面不使用定冠詞el。

Estamos ＋ a ＋ 數字　今天是～號

詢問日期以及回答

A: ¿A qué estamos hoy? = ¿Qué fecha es hoy? 今天是幾號？
　　在～幾號　是　今天

B: (Hoy) Estamos a treinta y uno de diciembre.　今天是12月31日。
　　是、在　　31日　　　12月

這是表示時間的介系詞。

在日期的前面，不會有定冠詞 el！！

**02** ～日～月～年

el ＋ 數字 , de ＋ 月的名稱 , de ＋ 年度的數字
　　～日　　　　～月　　　　～年

例 El 6 de febrero de 2011.　　2011年2月6日。

Estamos a primero (uno) de marzo. 今天是3月1日（第一天）。

只有在表示「1日」時，才可以使用序數。

▶ 月 mes

| 月 | 1月 | 2月 | 3月 | 4月 | 5月 | 6月 |
|---|---|---|---|---|---|---|
| 西班牙語 | enero | febrero | marzo | abril | mayo | junio |

| 月 | 7月 | 8月 | 9月 | 10月 | 11月 | 12月 |
|---|---|---|---|---|---|---|
| 西班牙語 | julio | agosto | septiembre | octubre | noviembre | diciembre |

>> mes 月 的前面不會加冠詞。

▶ 4季

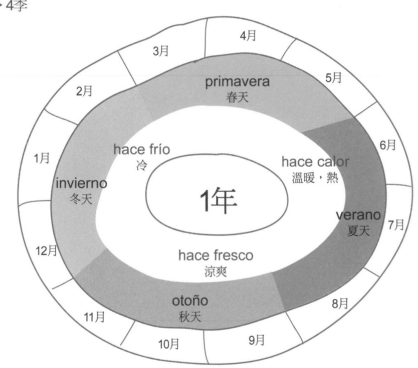

 Estamos en verano. （現在是）夏天。

| 天氣 | | |
|---|---|---|
| despejado | la lluvia | la nieve |
| 晴天 | 雨 | 雪 |

## 03 | ¿De verdad?              是嗎？那是真的嗎？

想再次確認對方所說的內容時，經常使用這個表達。

例 A: ¿Cuándo viene Luis?        Luis什麼時候來？

B: Él viene aquí pasado mañana.    後天到這裡。

A: ¿De verdad?              是嗎？（那是真的嗎？）

## 04 | No lo sabía                  不知道。

這個表達省略了主語Yo，sabía的意思是「我本來就知道。」，它是saber的第一人稱的單數未完成過去時態。

參考P138未完成過去時態

lo是sabía的直接受詞，意思是「那個，那事實」，在本文中指前面所有的句子。前面的句子在本文的意思是不知道（Luis明天生日這件事情）。

受格人稱代名詞已經在前一課學習過了。 請參考P127

## 05 | Es una buena idea           好主意

跟英語的It's a good idea（那是個好主意）的意思是一樣的。

# 簡單知道一下就可以的**動詞活用未完成過去時態 I**

## ::陳述式未完成過去時態

西班牙語的過去時態可以分成兩大類，即**未完成過去**和**簡單過去**時態。

未完成過去指的是主語的動作在過去是持續的，到現在已經結束的狀態。其意思是「過去在做～、過去經常做～」。

簡單過去時態表示單純發生的單一事件，或是歷史事實。其意思是「做了～」。

在這裡先來看看未完成過去。

過去時態 {
未完成過去　表示過去的動作一直持續或反覆。
簡單過去時態　一般的過去事件，或是歷史事實等。

請參考P175

**標示方法**

-所有動詞在未完成過去中，第一人稱和第三人稱都是一樣的，因此，為了區別人稱，一般情況下是不會省略主語的。
-描述在過去持續的動作或狀態，因此很難知道何時開始，又是何時結束。

## ::**規則動詞的活用**　-未完成過去時態

相當於英語的過去進行式，表示在過去的某個時間點、某個動作或狀態的持續。

以1.-ar動詞結尾的動詞的話，用–aba , -abas , -aba , -ábamos , -abais , -aban來代替–ar。

以2.-er動詞和3.-ir動詞結尾的動詞的話，用–ía , -ías , -ía , -íamos , -íais , -ían
來代替–er/-ir就變成未完成過去時態。

**簡單知道一下就可以的動詞活用未完成過去時態 1**

**① -ar 動詞**  -aba, -abas, -aba, -ábamos, -abais, -aban

## ★ estudiar 學習

| 單數 | | | 複數 | | |
|---|---|---|---|---|---|
| Yo | 我 | estudiaba | Nosotros | 我們 | estudiábamos |
| Tú | 你 | estudiabas | Vosotros | 你們 | estudiabais |

| 單數 | | | 複數 | | |
|---|---|---|---|---|---|
| Usted | 您 | | Ustedes | 您們 | |
| Él | 他 | estudiaba | Ellos | 他們 | estudiaban |
| Ella | 她 | | Ellas | 她們 | |

**② -er 動詞**  -ía, -ías, -ía, -íamos, -íais, -ían

## ★ comer 吃

| 單數 | | | 複數 | | |
|---|---|---|---|---|---|
| Yo | 我 | comía | Nosotros | 我們 | comíamos |
| Tú | 你 | comías | Vosotros | 你們 | comíais |

| 單數 | | | 複數 | | |
|---|---|---|---|---|---|
| Usted | 您 | | Ustedes | 您們 | |
| Él | 他 | comía | Ellos | 他們 | comían |
| Ella | 她 | | Ellas | 她們 | |

**③ -ir 動詞**  -ía, -ías, -ía, -íamos, -íais, -ían

## ★ vivir 生活

| 單數 | | | 複數 | | |
|---|---|---|---|---|---|
| Yo | 我 | vivía | Nosotros | 我們 | vivíamos |
| Tú | 你 | vivías | Vosotros | 你們 | vivíais |

| 單數 | | | 複數 | | |
|---|---|---|---|---|---|
| Usted | 您 | | Ustedes | 您們 | |
| Él | 他 | vivía | Ellos | 他們 | vivían |
| Ella | 她 | | Ellas | 她們 | |

ser（是～）、ir（去）、ver（看）是不規則變化。
請參考p190

## 各種表達　日期，星期 La fecha　　Track 14-3

### ¿Qué día es hoy? 　　　　　　　　　　　今天是星期幾？

A: ¿Qué día（de la semana）es hoy?　今天是星期幾？
B: Hoy es viernes.　　　　　　　　　　今天是星期五。

▶ la semana 週（week）

A: ¿En qué día cae el 5 de mayo?　5月5日是星期幾？
B: Es martes.　　　　　　　　　　　星期二。

▶ cae >> caer（掉、適合（職場、工作、運氣）、相當）的第三人稱單數現在時態

A: ¿Cuál es el día de su cumpleaños?　您的生日是幾號？
B: El 18 de marzo.　　　　　　　　　　3月18日。

▶ el cumpleaños 生日

### ¿Qué fecha...? 　　　　　　　　　　　幾號做～？

¿Qué fecha sale (Ud.) para España?
您幾號出發去西班牙？

Salgo el (día) 20 de diciembre.
12月20日出發。

▶ salgo/sale 我／您出發>>salir的第一／三人稱單數現在時態
＊現在時態有時也能代表未來時態。

139

多少錢？
# ¿Cuánto cuesta?

Linda

¿Cuánto cuesta esta blusa blanca?

Track **15-1**

El dependiente

Treinta euros.

Linda

¿Se puede pagar con tarjeta?

El dependiente

Sí, por supuesto.

Linda

¿Cuánto vale aquella falda roja?

El dependiente

Veinte euros. ¿Algo más?

Linda

Nada más.
Voy a pagar con tarjeta las dos.

El dependiente

Son cincuenta euros en total. Gracias.

## 中譯

| | | |
|---|---|---|
| ▶ | Linda | 這件白色襯衫多少錢？ |
| | **店員** | 30歐元。 |
| | Linda | 可以刷信用卡嗎？ |
| | **店員** | 是的，當然可以。 |
| | Linda | 那件紅色裙子多少錢？ |
| | **店員** | 20歐元。 |
| | | 您還需要其他的嗎？ |
| | Linda | 沒有了。 |
| | | 兩件都用信用卡付帳。 |
| | **店員** | 一共是50歐元。謝謝。 |

Track **15-2**

## 單字

| | | |
|---|---|---|
| f | la blusa | 襯衫 |
| a | blanco(a) | 白色的 |
| m | el treinta | 30、三十 |
| m | el euro | 歐盟（EU）的貨幣 |
| v | pagar | 付帳、入帳 |
| f | la tarjeta | 卡片、信用卡 |
| v | vale | **valer**（有價值）的第三人稱單數現在時態 |
| a | aquel(lla) | 那 |
| f | la falda | 裙子 |
| a | rojo(a) | 紅色的 |
| ad | más | 比、更、更多 >> mucho的比較級 |
| | nada | 什麼，什麼事（都沒有）這是代名詞，因此不會加上定冠詞la。 |
| a | total | 合計、全部的 |

| 01 | ¿Cuánto cuesta? | 多少錢？？ |

cuánto是有關「分量、數量、程度、價值」的疑問詞。

## cuánto  分量、數量、程度、價值
疑問詞

cuesta是costar（花費、價格是～、努力、犧牲）的第三人稱單數現在時態。costar的主語是複數的話，也要變成複數式cuestan來使用。

例 A： **¿Cuánto cuestan estos zapatos?**
這雙鞋子多少錢？

B： **Cuestan cincuenta euros.**
50歐元。

也可以這樣用：

例 A： **¿Cuánto vale esta corbata?**
這條領帶多少錢？

B： **Vale setenta dólares.**
70美金。

▶ la corbata 領帶

A： **¿Cuánto es eso?**
那個多少錢？

B： **Es treinta mil wones.**
三萬元。

▶ won 元 >> 複數式是wones。

| 02 | pagar con tarjeta | 用（信用）卡付錢 |
|----|-------------------|------------------|

pagar的意思是「付錢」的意思。con的意思是「用～」，表示「手段和方法」。

手段，方法

con ＋ 名詞　用～

例 A： ¿Quiere usted pagar con tarjeta o en efectivo?
您要用信用卡支付呢？還是用現金支付呢？　　▶ el efectivo 現金

B： Quiero pagar en efectivo.
用現金支付。

A： ¿Aceptan Uds. tarjeta de crédito?
可以用信用卡嗎？　　　　　　　　　　　　▶ el crédito 信用、信任
　　　　　　　　aceptan >> aceptar （收到，接受）的第三人稱複數現在時態

B： Sí, por supuesto.
是的，當然可以。

| 03 | por supuesto | 很樂意、二話不說 |
|----|--------------|------------------|

對方詢問「可不可以做～」的時候，表示許可的話，可以用cómo no（當然）來回答。

por supuesto ＝ cómo no　當然（＝很樂意）

例 A： ¿Puedo llevar este libro?
我可以把這本書拿走嗎？

B： Sí, por supuesto.
是的，當然可以。（請拿走。）

A： ¿Puedo sentarme aquí?
我可以在這裡坐嗎？

B： Sí, cómo no.
是的，當然可以。（請坐。）
　　　　　　　　▶ sentarme >> sentarse （坐）的第一人稱單數時態

**algo más**　　　　　　　還有什麼／某種東西（需要嗎？）

　　algo的意思是「某種東西、什麼」，經常用於單數。más是 mucho（很多）的比較級，意思是「更～，再多一次」。

例 A: ¿(Quiere comprar) Algo más?
　　還有什麼想要買嗎？

　　B: Nada más.
　　沒有（需要其他東西了）。

## más 用法

比較級 más (menos) + **形容詞／副詞** + que ~

más
(menos) + 形容詞・副詞 + que ~　　比～更～

例 Este reloj es más(menos) caro que aquél.
這隻手錶比那個更貴（不貴）。

最高級 定冠詞／所有形容詞 + más + 形容詞／副詞 + de/entre

定冠詞／所有形容詞 + más + 形容詞・副詞 + de entre ~　　最～

例 Este reloj es el más caro de todos.　　這隻手錶是所有手錶中最貴的。
Esta cama es la más barata entre éstas.　　這張床是這些中最便宜的。

▶ barato (a) 價格便宜

## ¿En qué puedo servirle a usted?

有什麼需要幫忙嗎？

▶ 這是在百貨公司等，當客人進來的時候，店員對客人所說的話。

## desear = querer　希望、但願

### ¿Qué desea [quiere] usted?
您想要什麼？

▶ deseo/ desea >> desear（希望，但願）的第一／三人稱單數現在時態
也可以使用querer的第一／三人稱單數現在時態quiero / quiere。

### Deseo comprar un par de zapatos negros.
我想買一雙黑色鞋子。

▶ los zapatos 鞋子（通常使用複數式）

### ¿Tienen ustedes corbatas?
（客人對店員）有領帶嗎？（在找領帶）

### Un momento, por favor.
請稍等一下。

過了一會兒，店員拿來商品…

### ¿Le gustan éstas?
這幾條您喜歡嗎？

# 在西班牙當地的實用會話

 在商店

 Buenas tardes, señora.
您好，女士。

¿En qué puedo servirle (a Ud.)?
需要我幫什麼忙嗎？

 Deseo comprar un par de zapatos negros del número treinta y seis.
我想買36號的黑色鞋子。

▶▶ un par de zapatos 一雙鞋子
el número 數字 >> 這裡是指大小

 Un momento, por favor. ¿Le gustan éstos?
等一下。（請您稍等。）您喜歡這雙嗎？

▶▶ éstos 這些 >> 指示代名詞

146

Sí, son muy bonitos. ¿Cuánto cuestan?
是的，很漂亮。多少錢？

 Son veinte euros.
20歐元。

 Muy bien. Voy a comprarlos.
好，我買這雙了。

 ¿Algo más?
您還需要其他的嗎？

 Nada más.
沒有了。

 Muchas gracias, señora. Adiós.
十分感謝，女士。請慢走。

 Adiós.
再見。

Track **16-1**

La Madre

¿Qué tiempo hace hoy, Luisa?

Luisa

Hace buen tiempo, pero hace viento.

La Madre

¿Hace calor?

Luisa

No, no hace calor, hace fresco, pero no llueve.

La Madre

Entonces, lleva la chaqueta roja.

Luisa

Sí, mamá.

## 中譯

| | | |
|---|---|---|
|  媽媽 | Luisa，今天的天氣如何？ |
| Luisa | 天氣很好。不過，有風喔。 |
| 媽媽 | 熱嗎？ |
| Luisa | 不，不熱。雖然很清涼，但是沒有下雨。 |
| 媽媽 | 那麼，穿上紅色的夾克吧。 |
| Luisa | 好的，媽媽。 |

Track 16-2

 **單字**

| | | |
|---|---|---|
| ⓐ | bueno(a) | 好的 |
| ⓜ | el viento | 風 |
| ⓜ | el calor | 熱氣 |
| ⓐ | fresco(a) | 新鮮、涼爽 |
| ⓥ | llueve | 下雨、正在下雨 >> llover的第三人稱單數的現在時態 |
| ⓕ | la chaqueta | 夾克 |
| ⓐ | rojo(a) | 紅色的、鮮紅的 |

# 基礎文法解說

**01** ¿Qué tiempo hace hoy?　　　　　今天的天氣如何？

tiempo指的是「時候、時間、季節、節拍」。詢問天氣的表達是hacer + 表示天氣的詞組，總是以第三人稱單數型的hace開頭。

但是，當表達下雨或下雪時，卻是使用llover，nevar動詞的第三人稱單數。

hacer的第三人稱單數　　　　　表示天氣的詞組

例 A: ¿Qué tiempo hace hoy?
今天的天氣如何？

B: Hace buen tiempo.
天氣很好。 ▶ bueno (a) 好的
Hace mal tiempo.
天氣不好。 ▶ malo (a) 壞的
Llueve mucho ahora.
現在雨下很大。

**02** Entonces, lleva la chaqueta roja.　　那麼，穿上紅色的夾克吧。

lleva即是llevar（穿、穿著）的第三人稱單數的現在態，也是第二人稱的單數命令式。（你）

這裡是tú（你）的命令式。有關命令式的學習請參考P152。

llevar 穿著～　=　lleva 穿吧

tú（你）的命令式

例 Lleva la falda.
穿上裙子吧。
Lleva los zapatos negros, Luisa.
Luisa，穿上黑色鞋子吧。

**03** La chaqueta es roja.　　　　　夾克是紅色的。

表示顏色的詞尾也有變化。

主語 S ＋ **ser** ＋ 😊 是～顏色
　　　　　是～　　　顏色

因為顏色是形容詞，所以不加冠詞。

 ▶ ser動詞變化 – 參考 p59

例 La falda es roja.　　　　裙子是紅色的。
Los zapatos son negros.　鞋子是黑色的。
Las blusas son amarillas.　上衣是黃色的。

▶ 服裝 la moda

el jersey
毛衣

la falda
裙子

los pantalones
褲子

la camiseta
T恤

el abrigo
外套，大衣

la corbata
領帶

el vestido
洋裝

el traje
西裝

## 簡單知道一下就可以的**命令式**

## ::什麼是命令式？

命令式是用於表達對對方的命令或要求。

**① -ar 動詞** 在這裡先以第二人稱為中心來說明。

▶ 參考 P 72 hablar動詞

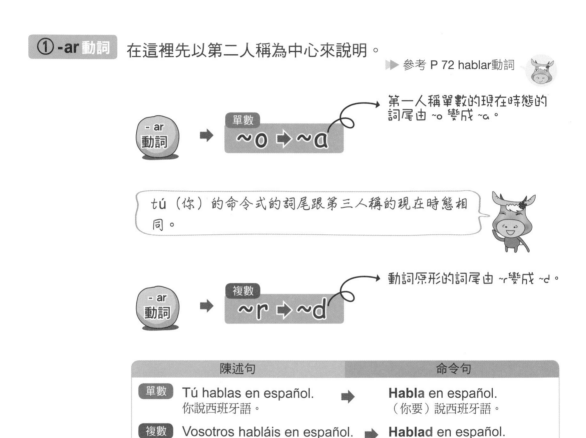

第一人稱單數的現在時態的詞尾由 ~o 變成 ~a。

- ar 動詞 ➡ 單數 ~o ➡ ~a

tú（你）的命令式的詞尾跟第三人稱的現在時態相同。

- ar 動詞 ➡ 複數 ~r ➡ ~d

動詞原形的詞尾由 ~r 變成 ~d。

| | 陳述句 | 命令句 |
|---|---|---|
| 單數 | Tú hablas en español.<br>你說西班牙語。 ➡ | **Habla** en español.<br>（你要）說西班牙語。 |
| 複數 | Vosotros habláis en español.<br>你們說西班牙語。 ➡ | **Hablad** en español.<br>（你們要）說西班牙語。 |

▶ habla 說吧 >> hablar 說的第二人稱的命令式，複數形則是hablad（你們說吧）。

**② -er, -ir** 第一人稱的詞尾 ~o 變成 ~e 的話，就是第二人稱的單數命令式。

- er 動詞 / - ir 動詞 ➡ ~o ➡ ~e 詞尾跟第三人稱現在時態相同。

| 陳述句 | | 命令句 | |
|---|---|---|---|
| Tú comes el pan. | 你吃麵包。 | **Come** el pan. | 吃麵包吧。 |
| Duermes temprano. | 你早睡。 | **Duerme** temprano. | 早點睡吧。 |

▶ come 吃吧 >> comer（吃）的第二人稱單數的命令式。
duerme 睡吧 >> dormir（睡）的第二人稱單數的命令式。

**③ venir, decir 等動詞**　因為是不規則動詞，就只能背起來。

## Ven aquí.　　來這裡。

## Di la verdad.　說出實情。

▶ ven 來吧 >> venir（來）的第二人稱單數的命令式。
▶ 參考 P90 venir動詞

di 說吧 >> decir（說、談天）的第二人稱單數的命令式。

### 以第二人稱為對象的命令形

1）第二人稱單數 tú 的話，跟陳述式第三人稱單數的現在時態相同。

### 第二人稱單數的命令式 ≡ 第三人稱單數的現在時態

2）第二人稱複數的 vosotros 的話，動詞原形的詞尾由 -r 變成 -d 來使用。

### 第二人稱複數的命令式 ≡ -r ➡ -d

3）以第二人稱為對象的命令式總是會省略主語。

4）大部分都會遵守這些規則，但是也有例外。

# 一定要知道的基本顏色

¿Qué color desea?
您想要哪種顏色？

Rojo, por favor.
請給我紅色。

| | | | |
|---|---|---|---|
| blanco 白色 | negro 黑色 | rojo 紅色 | amarillo 黃色 |
| azul 藍色 | verde 綠色 | violeta 紫色 | rosa 粉紅色 |
| marrón / moreno 褐色 | gris 灰色 | naranja 橙色 | beige 淡棕色 |

## ¿Qué tiempo hace hoy?

今天的天氣如何？

A: ¿Qué tiempo hace hoy?
今天的天氣如何？

B: Hace buen tiempo.
很好。（好天氣）

Hace mal tiempo.
天氣很糟。

## Hace calor.

很熱。

Hace frío. 冷

Llueve. 下雨

Nieva. 下雪

Hace (Hay) sol. 出太陽

Hace (Hay) niebla. 起霧

## Hace fresco.

涼爽

• Está nublado.
烏雲密布。

• Está nevando.
正在下雪。

• Está lloviendo.
正在下雨。

• Parece que va a llover.
好像要下雨了。

Track **17-1**

Linda

Oiga, por favor, ¿cómo puedo ir
a la Plaza de México?

Un señor

Primero, a la izquierda, y luego,
todo recto.

Linda

Muchas gracias.
¿Qué hora es, Luis?

Luis

Son las seis en punto.
La película empieza a las seis y media, ¿no?

Linda

Sí, pero tenemos que darnos prisa.

## 中譯

| | | |
|---|---|---|
|  Linda | 您好。要怎樣去墨西哥廣場呢？ | |
| 路人 | 首先，往左走，接著一直直走就可以了。 | |
| Linda | 非常謝謝您。<br>Luis，現在幾點了？ | |
| Luis | 六點整。<br>電影是六點半開始，對吧？ | |
| Linda | 是的，但是我們還是要快一點。 | |

Track **17-2**

| | | |
|---|---|---|
| ⓕ | la plaza | 廣場 |
| | México | 墨西哥 |
| | a la izquierda | 往左 |
| ⓐⓓ | todo | 所有、全部 |
| ⓐⓓ | recto | 一直 |
| ⓕ | la película | 電影 |
| ⓥ | empieza | 開始（那個）>> **empezar**（開始）的第三人稱單數現在時態 |
| ⓥ | dar | 給 |
| ⓕ | la prisa | 快、趕緊、急 |

# 基礎文法 解說

## 01 | a la izquierda, y luego, todo recto
往左走，接著一直直走就可以了。

在說明路要如何走時，有如下幾種。

**方向**

recto 直走

izquierda 左邊    derecha 右邊

例
| a la derecha | 往右 |
| a la izquierda | 往左 |
| todo recto | 直走、走直線 |

oeste 西    norte 北

sur 南    este 東

frente 前    trasera 後

## 02 | ¿Qué hora es?
幾點了？

horas的意思是「時間」。¿Tiene hora?是詢問時間的表達。

**時間**

# ¿Qué hora es?  幾點了？

158

① 時間的表達要使用陰性定冠詞，除了1點之外，其他時間都要用複數形。

1點 – 使用單數

Es la ✚ una y ✚ 數字 　　　1點~分

1點之外的時間 – 使用複數

Son las ✚ 數字 ✚ y ✚ 數字 　　　～點 ～分

例 ・Es la una. ＝ It's one o'clock 　　1點.
　　・Son las dos. 　　　　　　　　　　2點.
　　・Son las tres y cuarto. 　　　　　3點 15分.
　　・Un cuarto para las cinco. 　　　4點45分
　　　　　　　　　　　　　　▶ cuarto 1/4 也就是15分

　　＝ Son las cuatro, cuarenta y cinco （=4點45分）


② de la mañana (tarde / noche)：早上（下午／晚上）

de ✚ | la mañana / la tarde / la noche | 上午 下午 晚上

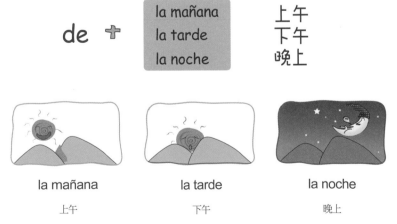

la mañana　　　la tarde　　　la noche
　上午　　　　　下午　　　　　晚上

例 Son las siete de la mañana (tarde / noche).
早上（下午／晚上）7點

159

③ 在～點的表達前面要用介系詞 a。

a ＋ ⎧ las ＋ 數字 在～點
    ⎩ la una 在一點

例 A：¿A qué hora se levanta?
　　您幾點起床？

B：Me levanto a las seis de la mañana.
　　我早上6點起床。

▶ se levanta / me levanto 起床
levantarse（起床、醒來）的第三或第一人稱單數的現在時態

 只是，在1點的表達要用 la 代替 las，也就是 a la una。

▶ 時間 la hora

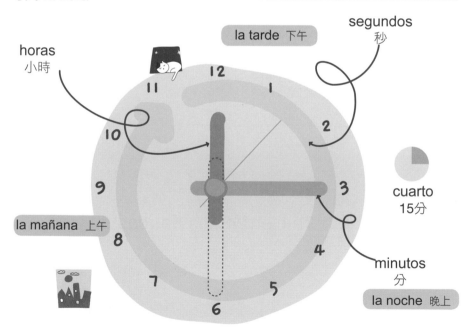

la tarde 下午

segundos
秒

horas
小時

cuarto
15分

la mañana 上午

minutos
分

la noche 晚上

media
30分

參考p98，p106，p129數字

## ¿Cuánto tiempo se tarda en...?　…（做什麼）要花多少時間？

▶▶ tardarse 動詞，意思是「花～時間」。

A：¿Cuánto tiempo se tarda en ir a la escuela?
到學校要花多少時間？

B：(Se tarda) Unos quince minutos  a pie.
走路的話，要15分鐘左右。

▶▶ a pie 走路、徒步

A：¿Cuánto tiempo se tarda en ir a tu casa?
到你家要多久？

B：(Se tarda) Una hora en metro.
搭捷運的話，要1小時。

▶▶ en metro　搭捷運
　　en avión　搭飛機
　　en coche（坐）車

## ¿A qué hora ...?　幾點（做～）？

A：¿A qué hora cierran  los bancos en Corea?
在韓國銀行是幾點關門？
▶▶ cierran 關 >> cerrar（關）的第三人稱複數現在時態

B：Cierran a las cuatro y media.
4點半關門。

A：¿A qué hora empieza la clase?
幾點開始上課？

B：Empieza a las nueve de la mañana.
早上9點開始上課。

Track **18-1**

 Linda
¿Has esperado mucho?

 Manuel
No. Yo también acabo de llegar.

 Linda
¿Ha llegado Luis?

 Manuel
No, pero va a llegar pronto.

 Linda
¿Ya has conseguido el billete de avión?

 Manuel
Todavía no. Me duelen las piernas.

 Linda
¡Pobre! ¿Te han dolido todo el día?

 Manuel
No, desde la tarde.

## 中譯

| | | |
|---|---|---|
| | Linda | 等很久了吧？ |
| | Manuel | 沒有。我也是剛到。 |
| | Linda | Luis到了嗎？ |
| | Manuel | 還沒，但是快到了。 |
| | Linda | 機票已經買了嗎？ |
| | Manuel | 沒有，還沒。我腳好痛。 |
| | Linda | 真可憐！一整天都痛嗎？ |
| | Manuel | 沒有，下午開始的。 |

Track **18-2**

| | | |
|---|---|---|
| | esperado | **esperar**（等）的過去分詞 |
| ⓥ | acabo | **acabar**（結束、完成）的第一人稱單數現在時態 >> **acabar de** 正要～ |
| | llegado | **llegar**（到達）的過去分詞 |
| ⓐⓓ | pronto | 馬上 |
| ⓐⓓ | ya | 已、已經 |
| | conseguido | （得到、取得）的過去分詞 |
| ⓜ | el billete | 票、票據 |
| ⓜ | el avión | 飛機 |
| ⓥ | duele | 痛 >> **doler**（痛）的第三人稱單數現在時態 |
| ⓐ | pobre | 可憐 |
| | todo el día | 一整天 |
| | desde | 從～開始、～之後 |

**01** ¿Has esperado mucho? 等很久了吧？

has esperado是esperar（等）的現在完成時態。跟英語的現在完成式have+ 過去分詞是相同的用法。現在完成時態是動詞haber 的現在時態+過去分詞，用於表示過去的經驗、結果、持續性。可參考p 166。

現在完成時態  has ✚ 過去分詞 **過去的經驗／結果／持續**

→ haber的第二人稱現在時態

▶▶ 參考haber動詞變化p 166

例 He estado en Madrid. 我曾待過馬德里。

▶ haber estado 在～曾待過

Ella ha viajado a España. 她曾去西班牙旅行。

**02** acabo de llegar 現在剛到。

acabar de + 動詞原形 的意思是「現在剛～」。

**acabar de** ✚  動詞原形 **現在剛～**

例 Acabo de leerlo. 我現在才讀了那個。

▶ leer 讀

Ella acaba de cenar. 她剛吃完晚餐。

**03** ¿Ya has conseguido el billete de avión?

你已經買機票了嗎？

conseguido是conseguir（得到、取得）的過去分詞。has conseguido
是現在完成時態。

Ya是副詞，意思是「已、已經」，文章中經常使用它的完成時態。

現在完成時態　has　➕　過去分詞

↳ haber的第二人稱現在時態

例　¿Ya has ido a casa?　　　　　你已經回家了嗎？

▶▶　ido >> ir（去）動詞的過去分詞

**04** Me duelen las piernas

腿痛。

doler 的第三人稱單／複數式是duele , duelen，它們用於表達身體
某部位的疼痛。動詞後面是單數名詞時，使用duele；複數名詞則使用
duelen。

表示身體　　　　　　　　　　表示身體

**duele** ➕  ，**duelen** ➕  ～痛

單數名詞　　　　　　複數名詞

例　Me duele la cabeza.
頭痛。
¿Te duele el estómago?
你肚子痛嗎？

有關身體的表達請參考p169，  那裡有詳細的說明。

不可以把我抓來當牛排吃喔～～^^～～

# 簡單知道一下就可以的**現在完成時態**

## :: 什麼是陳述式現在完成時態？

在haber現在時態加上過去分詞，相當於英語的現在完成式的表達。用於表達主語的動作到現在已經結束或是過去的經驗。

現在完成時態  **haber** ➕ 過去分詞    **主語的動作到現在已經結束**
**過去的經驗／持續**

| 單數 | | |
|---|---|---|
| 第一人稱 Yo | he | |
| 第二人稱 Tú | has | |
| 第三人稱 Usted | | +過去分詞 |
| Él | ha | |
| Ella | | |

| 複數 | | |
|---|---|---|
| Nosotros | hemos | |
| Vosotros | habéis | |
| Ustedes | | +過去分詞 |
| Ellos | han | |
| Ellas | | |

 在完成時態中過去分詞的詞尾不會有變化。
很簡單吧～～～

例 A: ¿Ya has comido?
已經吃飯了嗎？

▶ comido >> comer（吃）的過去分詞

B: Sí, he comido.
是的，我已經吃飯了。
No, todavía no he comido.
還沒，還沒吃飯。

例 A：¿Has viajado a Latinoamérica?
你去拉丁美洲玩過嗎？

▶ viajado >> viajar（旅行）的過去
分詞

B：Sí, he viajado una vez.
是的，我去玩過一次。

No, nunca he viajado allí.
不，那個地方我沒玩過。

▶ una vez 一次
nunca 從未

## 過去分詞 - 規則動詞

**① -ar**　　–ar 動詞的話，詞尾用 -ado 代替 -ar。

### ~ ar ➡ ~ado

例 amar 愛　➡　amado

**③ -er, -ir**　　– er , -ir 動詞的話，詞尾用 –ido 來代替 -er / -ir。

### ~ er / ~ ir ➡ ~ido

例 comer 吃　➡　comido
vivir 活　➡　vivido

## 過去分詞 – 不規則動詞

| | | | | | | |
|---|---|---|---|---|---|---|
| hacer | ➡ | hecho | 做 | ver | ➡ visto | 看 |
| escribir | ➡ | escrito | 寫 | volver | ➡ vuelto | 回來 |
| abrir | ➡ | abierto | 打開 | decir | ➡ dicho | 說 |
| cubrir | ➡ | cubierto | 蓋 | morir | ➡ muerto | 死 |

## 各種表達　de的使用

## ¿De dónde vienes?　　你從哪裡來？

▶ de的意思是「從～、在～、出生～」。它是表示所有，歸屬，來歷，材質等的介系詞。

### 1. 從～、在～

A：¿De dónde vienes?　　你從哪裡來？

B：Vengo de la escuela.　　我從學校那過來。

▶ la escuela 學校

A：¿De dónde vienen ellos?

他們從哪裡來？

B：Vienen del hospital.

他們從醫院來。

de + el

▶▶ el hospital 醫院

### 2. ～的

A：¿De quién es este teléfono móvil?

這手機是誰的？

▶ el teléfono móvil 手機

B：(El teléfono móvil) Es de Linda.

（這手機）是Linda的。

### 3. 用～製造

Ella tiene un reloj de oro.

她有一隻金錶。

▶▶ el oro 金
　　 el reloj 錶

Un hacha de plata.

銀斧頭。

▶▶ el hacha 斧頭
　　 la plata 銀

# 在西班牙用得上的會話

 身體部位 el cuerpo

(A Miguel) Le duele la cabeza.　　（Miguel）頭痛。
　=　Miguel tiene dolor de cabeza.

▶ el dolor de cabeza 頭痛

① la cabeza 頭

⑧ la oreja 耳朵

② los ojos 眼睛

③ la boca 嘴巴
④ los labios 嘴唇

⑨ el hombro 肩膀
⑩ el pecho 胸

⑤ la nariz 鼻子
⑥ la cara 臉

⑪ el brazo 手臂
⑫ la mano 手

⑦ el cuello 脖子

⑬ el estómago 肚子，胃

⑭ el dedo 手指

⑮ la pierna 腿
⑯ la uña 指甲
⑰ el pie 腳
⑱ el hueso 骨頭

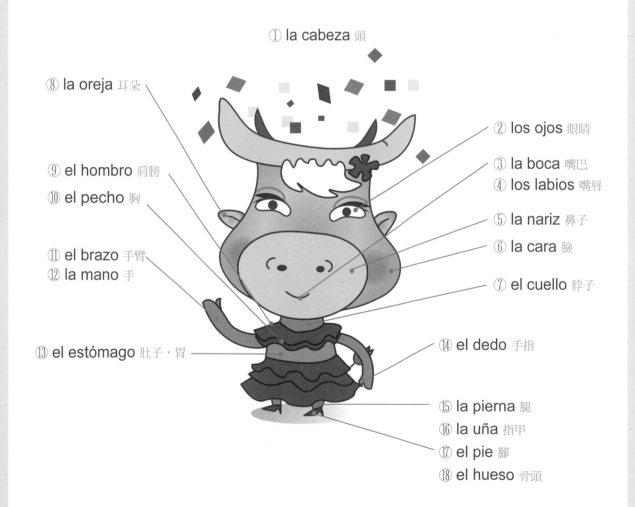

Luis

Track **19-1**

Oiga, ¿puedo hablar con Manuel?

La Esposa de Manuel

No, de momento no está en casa. ¿De parte de quién?

Luis

Soy Luis Miguel, su compañero.

La Esposa de Manuel

Hola, Luis.
Manuel salió anoche para Salamanca.
Va a volver mañana por la tarde.
¿Quiere dejar algún mensaje?

Luis

No, gracias.
Vuelvo a llamar mañana.

## 中譯

| | | |
|---|---|---|
| ▶ | Luis | 喂，我可以和Manuel通話嗎？ |
| | Manuel太太 | 不行，他現在不在家。<br>您是哪位？ |
| | Luis | 我是他的同事，我叫Luis Miguel。 |
| | Manuel太太 | 您好，Luis先生。<br>Manuel昨天晚上去了薩拉曼卡。<br>明天下午才會回來。<br>您要留言嗎？ |
| | Luis | 不用了，謝謝。<br>明天我再打電話。 |

Track **19-2**

| | | |
|---|---|---|
| ⓥ | puedo | 可以做～ >>（可以做～）的第一人稱單數的現在時態 |
| ⓜ | el momento | 瞬間、一下子 |
| ⓜ | el compañero | 朋友、友人 |
| ⓥ | salió | 去了 >> **salir**（去、出發）的第三人稱單數的簡單過去時態 |
| ⓐⓓ | anoche | 在昨晚 |
| ⓥ | volver | 回去、回來 |
| | alguno(a) | 某一個、怎樣的 >> 陽性名詞的前面省略「o」 |
| ⓥ | dejar | 留下、剩餘、允許 |
| ⓜ | el mensaje | 傳達的話（資訊） |
| ⓥ | llamar | 招呼、打電話 >> **llamar por teléfono** 打電話 |

171

## 01　¿Puedo hablar con...?　　　　　可以跟～通話嗎？

puedo是 poder （可以～）的第一人稱單數的現在時態，它跟英語的can的意思相同，後面接動詞原形。

poder ＋ 動詞原形　可以～
　　　　　　　　　　　～也沒關係嗎？

例 ¿Puedo hablar con el Sr. Luis?　我可以和Luis先生通話嗎？

　　└ 陳述式現在時態的第一人稱

跟這種用法相同，後面接動詞原形的還有quisiera，它的意思是「想做～、希望～」（這是更加正式的表達）。

quisiera ＋ 動詞原形　想做～、希望～

　　└ 虛擬式過去時態的第一人稱

例 Quisiera tomar un café.　　我想喝咖啡。

因為一般情況下動詞都會變化，所以puedo、quisiera的變化一定要背起來！！

這是接到電話的人不知道打電話的人是哪位時所用的表達。

# ¿Oiga?
打電話的人

喂！

# ¿Diga?
接電話的人

例 ¿Con quién hablo?　　　　　　請問您是哪位？

▶ 另外一種詢問對方是哪位的表達 >> 意思是「我是在跟誰講電話？」

A：¿Está Emilio?　　　　　　Emilio在嗎？

B：Sí. ¿Quién es?　　　　　　是的，請問您是哪位？

A：¿Es la casa del Sr. Pedro?　　是Pedro先生的家嗎？

B：¿Quién habla?　　　　　　請問您是哪位？

另外，「是，我是。」的表達是 Sí, soy yo.。也可以加上自己的名字來表達，如Sí, soy Luis.（是，我是Luis）。

¿Puedo hablar con el Sr. Luis?
可以請Luis先生聽一下電話嗎？

Sí, soy yo.
是，我就是。

**03** salió para Salamanca　　　　　　（他）去了薩拉曼卡。

salió是salir（出去、串門、外出、出發）的第三人稱單數的簡單過去時態。para的意思是「向～、往～」。

$$para \quad \begin{array}{c}向～\\往～\end{array} \quad \longleftrightarrow \quad desde \quad 從～開始$$

例 Gloria salió para México.　　　　Gloria去了墨西哥。

Mi hermano salió ayer para su oficina.　　我的弟弟昨天去他的辦公室。

**04** ¿Quiere dejar algún mensaje?（有）什麼話需要轉達嗎？

alguno的意思是「某個、怎樣的」。在陽性單數名詞前面使用algún，在陰性名詞前面則使用alguna。要注意陽性名詞前面的重音符號！！

陽性

algún ＋ 名詞

alguna ＋ 名詞

陰性

某個、怎樣的

比較 來看看alguno所表示的各種意思。ninguno 表示一個也沒有的否定意思。

alguno ⟷ ninguno　　什麼也不是

- alguna vez　　　　什麼時候、某個時候
- sin duda alguna　毫無疑問
- algunas veces　　有時
- muchas veces　　很多次
- algún día　　　　某日

▶ la vez 次，順序

▶ sin 沒有～
la duda 疑惑

▶ las veces >> la vez 的複數式

174

# 簡單知道一下就可以的**簡單過去時態Ⅰ**

## ::規則動詞的活用　簡單過去時態

　　簡單過去時態是表示在過去已經發生的主語的動作，狀態等的單一過去。相當於英語過去式的不定過去式。規則動詞變化如下。

**-ar**　–ar 動詞的詞尾用-é，-aste，-ó，-amos，-asteis，-aron代替 –ar；

**-er, -ir**　動詞則變成 -í，- iste，-ió，-imos，-isteis，-ieron。

### 規則動詞的活用

**① -ar 動詞**　-é, -aste, -ó, -amos, -asteis, -aron

★hablar 說

| 單數 | | | 複數 | | |
|---|---|---|---|---|---|
| Yo | 我 | hablé | Nosotros | 我們 | hablamos |
| Tú | 你 | hablaste | Vosotros | 你們 | hablasteis |
| Usted | 您 | | Ustedes | 您們 | |
| Él | 他 | habló | Ellos | 他們 | hablaron |
| Ella | 她 | | Ellas | 她們 | |

**② -er 動詞**　-í, -iste, -ió, -imos, -isteis, -ieron

★comer 吃

| 單數 | | | 複數 | | |
|---|---|---|---|---|---|
| Yo | 我 | comí | Nosotros | 我們 | comimos |
| Tú | 你 | comiste | Vosotros | 你們 | comisteis |
| Usted | 您 | | Ustedes | 您們 | |
| Él | 他 | comió | Ellos | 他們 | comieron |
| Ella | 她 | | Ellas | 她們 | |

簡單知道一下就可以的**簡單過去時態 I**

③ **-ir**動詞　　-í, -iste, -ió, -imos, -isteis, -ieron

## ★salir　出門、出發

| 單數 | | |
|---|---|---|
| Yo | 我 | sal**í** |
| Tú | 你 | sal**iste** |
| Usted | 您 | |
| Él | 他 | sal**ió** |
| Ella | 她 | |

| 複數 | | |
|---|---|---|
| Nosotros | 我們 | sal**imos** |
| Vosotros | 你們 | sal**isteis** |
| Ustedes | 您們 | |
| Ellos | 他們 | sal**ieron** |
| Ellas | 她們 | |

例　La semana pasada comí con Cecilia, y le hablé de mi plan.
上週，我和Cecilia一起吃飯了。而且也告訴她我的計劃。

▶ pasado（a）上
con ~ 和／跟~一起
y 而且

A：¿Con quién saliste anoche?
昨晚你和誰外出了？

B：Salí con mi hermano menor.
我跟我弟弟外出了。

▶ menor 年輕的、年齡較小的

-er動詞和-ir動詞的詞尾變化相同。

# Le comunico con él.

我叫他來聽電話。

**A：¿Puede comunicarme con el Sr. Emilio?**

能幫我找Emilio先生來聽電話嗎？

▶ comunicarme　通信、互通信息、連絡
>> comunicar 後面加上se，變成反身動詞。跟上面一樣當
「我和某某通話」的意思時，詞尾變成是第一人稱的me。

**B：¿De parte de quién?**

請問是哪位？（請問你叫什麼名字？）

**A：De Luis, un amigo.**

我是他的朋友，我叫Luis。

**B：(Espere) Un momento, por favor, Sr. Luis. Le comunico con él.**

請稍等一下，Luis先生。我去叫他來聽電話。（換他來聽電話。）

**A：Muchas gracias. ¡Muy amable!**

謝謝。您好親切喔！

De Luis, un amigo.
我是他的朋友，我叫Luis。

¿De parte de quién?
請問您是哪位？

Track **20-1**

Luis

Anoche llamé a tu casa.

Manuel

Ya lo sé. Mi esposa me lo dijo.

Luis

¿Por qué te fuiste a Salamanca?

Manuel

Porque mi tío está hospitalizado.
El está muy enfermo.

Luis

¡Ay!, ¡lo siento mucho!
Pues, ¿por qué volviste tan temprano?

Manuel

Porque tengo un proyecto importante
en mi trabajo.

## 中譯

| | | |
|---|---|---|
| ➟ | Luis | 昨天晚上我打電話到你家。 |
| | Manuel | 我已經知道了。我太太有跟我說了。 |
| | Luis | 你是因為什麼事情去了薩拉曼卡。 |
| | Manuel | 因為叔叔住院了。他病得很嚴重。 |
| | Luis | 啊，真不幸。<br>那，你為什麼提早回來了？ |
| | Manuel | 因為公司有很重要的企劃案。 |

Track **20-2**

| | | |
|---|---|---|
| ⓥ | sé | 知道、已經知道 >> saber（知道）的第一人稱單數現在時態 |
| ⓐⓓ | ya | （過去的）已經、早就 |
| | ¿por qué...? | 「為什麼～」 >> 提出疑問時 |
| | porque | （理由、原因、動機）因為～、由於～（=como） >> 回答時 |
| | hospitalizado | **hospitalizar**（入院、住院）的過去分詞 |
| ⓜ | el tío | 叔叔、伯父、舅舅、姑丈、姨丈 |
| ⓐ | enfermo(a) | 痛苦、生病等 |
| | pues | 那、那麼 |
| ⓥ | volviste | **volver**（回去、回來）的第二人稱單數簡單過去時態 |
| ⓐⓓ | tan | 那樣、這樣 |
| ⓜ | el proyecto | 計劃、企劃 |
| ⓐ | importante | 重要的 |
| ⓜ | el trabajo | 事情、工作 |

## 基礎文法解說

### 01 Anoche      昨天晚上

ancohe的意思是昨天晚上，esta noche的意思是「今天晚上」，mañana por la noche的意思是「明天晚上」。

| 表示時候的表達 | | |
| --- | --- | --- |
| 早上、上午 | 中午、下午 | 傍晚、晚上 |
| la mañana | la tarde | la noche |

| 正午 | 深夜、午夜 | 凌晨 |
| --- | --- | --- |
| el mediodía | la medianoche | la madrugada |

| 明天早晨 | 明天下午 |
| --- | --- |
| mañana por la mañana | mañana por la tarde |

例 Anoche llamé a mi amigo, Luis.
昨天晚上，我跟我的朋友Luis通電話了。

### 02 Ya lo sé      我已經知道那件事了。

動詞saber（知道、已經知道）是不規則動詞，但是只有第一人稱單數現在時態不規則。其他的人稱跟以 –er結束的規則動詞的變化一樣。也就是說，要注意的是 sé。

不規則變化

**saber** ➡ **sé**    知道、已經知道

saber 的第一人稱單數現在時態

lo是指前面文章所說的事情，也就是指你打電話這件事。

例 A：Cristina salió para París.      Cristina 去巴黎了。

    B：Ya lo sé .      我已經知道那件事了。

比較 **saber, dar , ver** 只有在第一人稱單數現在時態不規則的動詞

★saber 知道

| | 單數 |
|---|---|
| 第一人稱 | sé |
| 第二人稱 | sabes |
| 第三人稱 | sabe |

| | 複數 |
|---|---|
| 第一人稱 | sabemos |
| 第二人稱 | sabéis |
| 第三人稱 | saben |

★dar 給

| | 單數 |
|---|---|
| 第一人稱 | doy |
| 第二人稱 | das |
| 第三人稱 | da |

| | 複數 |
|---|---|
| 第一人稱 | damos |
| 第二人稱 | dais |
| 第三人稱 | dan |

★ver 看

| | 單數 |
|---|---|
| 第一人稱 | veo |
| 第二人稱 | ves |
| 第三人稱 | ve |

| | 複數 |
|---|---|
| 第一人稱 | vemos |
| 第二人稱 | veis |
| 第三人稱 | ven |

---

**03** | **me lo dijo** 他（她）跟我說了那事情。

dijo是decir（說）的第三人稱單數簡單過去時態，me是對我的間接受詞，lo是那事情，作為直接受詞來使用。

主語 S ＋ 間接受詞 ＋ 直接受詞 ＋ 動詞

| El profesor | ＋ | me | ＋ | lo | ＋ | dijo. |
|---|---|---|---|---|---|---|
| 教授 | | 跟我 | | 那事情 | | 說了。 |

跟英語不同，受詞放在動詞前面！！
要注意語順喔！！

▶ 間接受詞

| | 單數 | 複數 |
|---|---|---|
| 第一人稱 | me | nos |
| 第二人稱 | te | os |
| 第三人稱 | le(se) | les(se) |

▶ 直接受詞

| | | 單數 | 複數 |
|---|---|---|---|
| 第一人稱 | | me | nos |
| 第二人稱 | | te | os |
| 第三人稱 | | le 男生 | les 男生／混合 |
| | | la 女生 | las 女生 |
| | | lo 中性 | los 中性 |

例 A：¿Cómo lo sabes? 你怎麼知道那件事呢？
　　　　　直接受詞

　　B：Mi amigo me lo dijo. 我朋友跟我說了那件事。
　　　　間接受詞　直接受詞

181

**04** ¿Por qué te fuiste ...?　　　　　　　　為了～而去了？

① ¿Por qué~?（為什麼）是一個疑問詞，回答時以porque開頭。

㉿ Porque mi padre está enfermo.
（那是因為）我爸爸病了。

② fuiste 的意思是「你去了」，動詞ir的第二人稱單數簡單過去時態。

▶▶ fuiste >> ir 動詞的簡單過去時態--請參考P183

**05** estar + 形容詞／過去分詞　　　　　　處於～狀態

動詞estar跟形容詞或是過去分詞一起使用，表示主語的狀態。

 estar + 形容詞 / 過去分詞　處於～狀態

這時候的形容詞或是過去分詞的性／數都要跟主語相同。

㉿ Mi padre está enfermo.
我爸爸病了。
La niña está enferma.
那小女生生病了。

▶ enfermo (a)　生病

▶ estar　動詞變化--請參考p48

# 簡單知道一下就可以的**簡單過去時態 II**

## ::規則動詞的活用 — hacer , ir , decir 　- 簡單過去時態

簡單過去時態已經在前面學習過了。這回我們來看看不規則變化的動詞。
跟規則動詞不同，一定要無條件地背起來。

### 不規則動詞的活用

★hacer 做～

| 單數 | | | 複數 | | |
|---|---|---|---|---|---|
| Yo | 我 | hice | Nosotros | 我們 | hicimos |
| Tú | 你 | hiciste | Vosotros | 你們 | hicisteis |
| Usted | 您 | | Ustedes | 您們 | |
| Él | 他 | hizo | Ellos | 他們 | hicieron |
| Ella | 她 | | Ellas | 她們 | |

★ir 去

| 單數 | | | 複數 | | |
|---|---|---|---|---|---|
| Yo | 我 | fui | Nosotros | 我們 | fuimos |
| Tú | 你 | fuiste | Vosotros | 你們 | fuisteis |
| Usted | 您 | | Ustedes | 您們 | |
| Él | 他 | fue | Ellos | 他們 | fueron |
| Ella | 她 | | Ellas | 她們 | |

★decir 說，講

| 單數 | | | 複數 | | |
|---|---|---|---|---|---|
| Yo | 我 | dije | Nosotros | 我們 | dijimos |
| Tú | 你 | dijiste | Vosotros | 你們 | dijisteis |
| Usted | 您 | | Ustedes | 您們 | |
| Él | 他 | dijo | Ellos | 他們 | dijeron |
| Ella | 她 | | Ellas | 她們 | |

例 A：¿Qué hizo usted anoche?　　　您昨天晚上做了什麼？

B：Fui a la cafetería y tomé un café.　我去自助餐廳喝了杯咖啡。

▶ tomé ≫ tomar（吃、喝）的第一人稱單數簡單過去時態

A：¿Quién te lo dijo?　　　是誰跟你說了這事情？

B：Me lo dijo Claudia.　　Claudia跟我說了（那事情）。

# 各種表達 estar

## estar ＋ 形容詞／過去分詞　　　　　　　處於～的狀態

① estar contento (a)　滿足、滿意

· Luisa está contenta.
Luisa感到很滿足。

- Estoy muy contento.
我很滿意。

② estar cansado (a)　疲累

· Mi hermana está cansada.
我的姊姊很累。

· Nosotros estamos muy cansados.
我們都很累。

③ estar enfadado (a)　生氣

· Ellos están  enfadados.
他們正在生氣。

· ¿Estás  enfadada, Isabel?
Isabel，妳生氣了嗎？

④ estar frío (a) 冷 ⟷ estar caliente 熱

## frío(a) ⟷ caliente  冷 ⟷ 熱

· Este té está caliente.
這茶很燙。

· La sopa está fría.
湯涼了,很冷。

⑤ estar abierto (a) 開著 ⟷ estar cerrado (a) 關著

## abierto(a) ⟷ cerrado(a)  開著 ⟷ 關著

· La puerta está abierta.
門開著。

· La ventana está cerrada.
窗戶關著。

⑥ 其他

| · bien | enfermo (a) / mal | · grande | pequeño (a) |
|---|---|---|---|
| 健康的,好的 | 生病      不舒服 | 大的 | 小的 |
| ·mucho (a) | poco (a) | · largo (a) | corto (a) |
| 很多的 | 少 | 長的 | 短的 |

Linda

Manuel

Tienes que fijarte mucho
cuando cruzas esta calle.
¿Por qué?

Track **21-1**

Linda

Hace una semana hubo un accidente cerca
de aquí.

Manuel

¿De veras? ¿Qué pasó?

Un coche atropelló a un niño. El conductor
estaba dormido mientras conducía.

Manuel

¿Cómo lo sabes?

Linda

Escuché la noticia el domingo,
cuando comía en casa.

## 中譯

| | | |
|---|---|---|
| ⇒ | Linda | 過這條路的時候要特別小心。 |
| | Manuel | 為什麼？ |
| | Linda | 一週前這附近有發生事故。 |
| | Manuel | 真的嗎？發生什麼事情？ |
| | Linda | 有台車撞到了小孩。 |
| | | 聽說司機邊開車邊打瞌睡。 |
| | Manuel | 妳怎麼知道（這事情）？ |
| | Linda | （上）週日在家吃飯時聽到的新聞。 |

Track **21-2**

| | | |
|---|---|---|
| ⓥ | fijarse | 注意 >> **fijar**後面加上**se**構成反身動詞<br>意思是「你要注意」，詞尾使用第二人稱的**te**。 |
| | cuando | 做～的時候 |
| ⓥ | cruzas | 橫穿 >> **cruzar**（交叉、橫穿）的第二人稱單數現在時態 |
| ⓕ | la calle | 道路、路 |
| ⓥ | hace | （某個時候）經歷、～之前／從～開始做<br>>> 雖是**hacer**的第三人稱單數現在時態，不過跟副詞一起使用，表示經過一段時間。 |
| ⓥ | hubo | 有～ >> **haber**的第三人稱單數簡單過去時態 |
| ⓜ | el accidente | 事故 |
| ⓥ | conducir | 開車 >> 主要在西班牙使用，南美則使用**manejar**。 |
| ⓥ | dormir | 睡、睡覺 |
| ⓥ | atropellar | 打倒、撞 |
| ⓜ | el coche | 汽車 |
| ⓜ | el conductor | 司機 >> 主要在西班牙使用，南美則使用**manejador**。 |
| ⓥ | escuché | 聽說 >> **escuchar**（聽、傾聽）的第一人稱單數簡單過去時態 |
| ⓕ | la noticia | 消息、新聞 |

187

## 基礎文法解說

---

**01** | **hace una semana** | **一週前**

「hace + 時間」的意思是「～前、時間已經過去」。表示時間的單字還有「días 日、meses 月、años年」等等。

hace ↕ dentro de + 數字 + 時間    ～之前 ↕ ～之後

例 Hace cinco días fui a Madrid.      我是五天前去了馬德里。
   Hace un mes vi a Isabel.      我一個月之前見了Isabel。

▶ vi 看了 >> ver（看）的第一人稱簡單過去

---

**02** | **hubo un accidente** | **有事故**

haber（有～）是無人稱動詞，只使用第三人稱單數。相當於英語的There is ～。hubo是haber第三人稱單數簡單過去時態，第三人稱現在時態是hay。

例 Anoche hubo un terremoto.      昨晚有地震。

   (= Last night there was an earthquake)

---

**03** | **¿Qué pasó?** | **有什麼事情嗎？**

跟haber一樣，pasar（發生、產生）也是一個無人稱動詞。沒有主語，只使用第三人稱單數。

例 ¿Qué pasa?      有什麼事嗎？
   ¿Qué le pasó a tu madre?      你的媽媽發生了什麼事？

▶ pasa 發生（某事）>> pasar的第三人稱單數現在時態

**04** estaba dormido mientras conducía    開車的時候打瞌睡了。

estaba dormido是動詞 estar的第三人稱單數未完成過去時態和dormir動詞的過去分詞一起使用，表示他在過去打瞌睡的狀態。也就是說，相當於英語的過去進行式。

mientras 做～的期間，conducía是conducir動詞的第三人稱單數未完成過去時態。

未完成過去時態

estaba    dormido

▶ 參考 未完成過去p138
▶ 參考 過去分詞 p167

例 Ella estaba dormida mientras estudiaba.
她邊學習邊打瞌睡。

**05** cuando comía en casa    在家吃飯的時候

cuando是表示「做～的時候、做了～的時候」的接續詞。comía的意思是「吃了」，它是comer（吃、用餐）的第一／三人稱單數未完成過去時態。

cuando + 未完成過去時態 做了～的時候

例 Cuando era pequeño ～
我小的時候，
Lloré mucho cuando partió mi novio.
我的男朋友離開的時候，我大哭了一場。

▶ lloré 我哭了 >>llorar的第一人稱單數簡單過去時態
el novio 男朋友（愛人）la novia 女朋友（愛人）

# 簡單知道一下就可以的 **未完成過去時態 II**

## :: 不規則動詞的活用 －未完成過去時態

前面已經學過規則動詞的未完成過去時態。請參考p138。
這一課來學習不規則動詞的未完成過去時態的用法。

### ser動詞的未完成過去時態

★ser ~ 是~

| 單數 | | |
|---|---|---|
| Yo | 我 | era |
| Tú | 你 | eras |
| Usted | 您 | |
| Él | 他 | era |
| Ella | 她 | |

| 複數 | | |
|---|---|---|
| Nosotros | 我們 | éramos |
| Vosotros | 你們 | erais |
| Ustedes | 您們 | |
| Ellos | 他們 | eran |
| Ellas | 她們 | |

例 Cuando yo **era** niño, vivía en Seúl.　　我小的時候住在首爾。

↳ ser動詞的未完成過去時態

比較 **ser, ir, ver** 未完成過去時態常用的不規則動詞只有這三個

| | ★ser 是~ | ★ir 去 | ★ver 看、見面 |
|---|---|---|---|
| | 單數 | 單數 | 單數 |
| 第一人稱 | era | iba | veía |
| 第二人稱 | eras | ibas | veías |
| 第三人稱 | era | iba | veía |
| | 複數 | 複數 | 複數 |
| 第一人稱 | éramos | íbamos | veíamos |
| 第二人稱 | erais | ibais | veíais |
| 第三人稱 | eran | iban | veían |

## 未完成過去的用法

① 以過去某個已完成的行為作為基準，表示那個時候動作或是狀態的持續。

例 La puerta estaba abierta cuando llegué.
我到的時候，門是開著的。

▶ estaba （因～的狀態）在 >> estar（在）的第一／三人稱單數未完成過去時態
abierto（a） >> abrir（開）的過去分詞
llegué 到達 >> llegar（到達）的第一人稱單數簡單過去時態

② 表示過去兩個動作和狀態同時持續。

例 Ella leía mientras yo estudiaba.　我學習的時候，她正在看書。

▶▶ leía 我／您／他／她正在讀 >> leer（讀）的第一／三人稱單數未完成過去時態
estudiaba （我／您）正在學習 >> estudiar（學習）的第一／三人稱單數未完成過去時態

③ 在過去反覆相同動作，在現在形成習慣（習性）

例 Iba al cine todos los días.
他之前每天去電影院。

④ 表示過去的時間

例 Eran las cinco cuando partió.
他出發的時候已經五點了。

▶ partió 他出發了。 >> partir（出發，出去）的第三人稱單數簡單過去時態
eran 是～ >> ser ~（是）的第三人稱複數未完成過去時態

# 各種表達　比較級

## ① 形容詞比較級

▶▶ más 的意思是「比～，更」等，使用於比較級。

más + 形容詞 + que + 比較對象　比～更～

> Yo soy más alto que Juan.
> 我比Juan更高。

例 ¡Más hermoso que eso!
比那個更美！
Esta flor es más hermosa que ésa.
這朵花比那朵更美。

## ② 名詞比較級

más + 名詞 + que + 比較對象　比～更多～

例 Ud. tiene más libros que yo.　　Tengo más dinero que tú.
您比我擁有更多書。　　　　　　我比你擁有更多錢。

## ③ 副詞比較級

más + 副詞 + que + 比較對象　比～更～

例 Hoy llego más temprano que ayer.　　Él vive más lejos que María.
今天我比昨天更早到了。　　　　　　他比María住更遠。

# La Cultura

América Latina está compuesta por veinte países. México, en América del Norte；Guatemala, El Salvador, Honduras, Nicaragua, Costa Rica y Panamá en América Central, y Venezuela, Colombia, Ecuador, Perú Bolivia, Chile, Argentina, Uruguay, Paraguay y Brasil en América del Sur.

Argentina, Brasil y Chile se llaman los países ABC. Cuba, Haití, Puerto Rico y la República Dominicana son países que se encuentran en el mar del Caribe.

Se habla español en diecinueve naciones del Nuevo Mundo. En Brasil no se habla español; se habla portugués. En muchos países los jóvenes estudian y hablan inglés, como los estadounidenses que estudian y hablan español.

> 好！仔細聽，好好跟著我讀看看。

> 我馬上就可以讀。

> 哇，看起來很難...

> 我也是～

## 中譯

　　拉丁美洲有20個國家。北美的墨西哥，中美的瓜地馬拉，薩爾瓦多，宏都拉斯，尼加拉瓜，哥斯黎加，巴拿馬，還有南美的國家，如委內瑞拉，哥倫比亞，厄瓜多爾，秘魯，玻利維亞，智利，阿根廷，烏拉圭，巴拉圭以及巴西。

　　其中，阿根廷，巴西以及智利被稱為ABC國家。古巴，海地，波多黎各以及多明尼加共和國都是加勒比海沿岸的國家。

　　美洲大陸有19個國家使用西班牙語。巴西不使用西班牙語，使用葡萄牙語。（美洲大陸）很多國家的年輕人都在學習英語。就像美國的年輕人學習西班牙語一樣。

> 看到上面的中譯了吧～講的是在拉丁美洲有19個國家使用西班牙語。

> 哇～真的很多國家都在使用耶.

> 聽說在西班牙有很多...呵呵～～

> 西班牙語看起來好～～～～強。

Track **22-1**

La profesora Carmen

¡Hola, Pedro! ¿Cómo estás ?

Pedro

¡Profesora Carmen! No la reconocía.
¿A dónde va usted?

La profesora Carmen

A España para pasar las vacaciones
de verano con mi familia.
¿No lo sabíais?
Os lo dije en la última clase.

Pedro

¡Claro que sí! Usted nos habló de sus padres
que viven en Granada, ¿verdad?

La profesora Carmen

Sí, Pedro.
Yo pasaba muchos años en Granada
cuando era joven.

Pedro

Pues, adiós, profesora.
¡Buen viaje!

機場：Pedro在機場見到Carmen教授。請仔細聽！

## 中譯

| | |
|---|---|
| Carmen教授 | Pedro，你好！過得好嗎？ |
| Pedro | Carmen教授！認不出您了。<br>教授是要去哪裡？ |
| Carmen教授 | 暑假要跟家人一起過，我要回西班牙。<br>你們好像還不知道的樣子？<br>上最後一堂課的時候，我有跟你們說了。 |
| Pedro | 當然（知道）！教授還給我們講了父母親<br>住在Granada的事情。對吧？ |
| Carmen教授 | 是的，Pedro。<br>我年輕的時候，曾在那裡渡過很多年。 |
| Pedro | 那麼，教授，請您慢走！<br>祝您旅途愉快。 |

Track **22-2**

## 單字

| | | |
|---|---|---|
| ⓜ | el aeropuerto | 機場 |
| ⓥ | reconocía | 認出來 >> **reconocer**（認出誰）的第一／三人稱單數未完成過去時態 |
| ⓥ | pasar | 渡過（時光） |
| ⓐ | último(a) | 最後的、最新的 |
| ⓕ | la clase | 學級、上課；種類 |
| ⓜ | el joven | 青年、年輕人 |
| ⓜ | el viaje | 旅行 |

195

## 基礎文法解說

**01** | No la reconocía                                    我沒認出您。

reconocía是 reconocer（認出）的第一人稱單數未完成過去時態。la指的是Carmen教授。

跟其相類似的單詞是saber（知道），意思是「知道某個事實或知識」。

 ▶ 請參考p198

 la是表示她（La profesora Carmen）。受詞是陽性名詞時，則使用lo。

**02** | para pasar ~                                    為了渡過～

pasar意思是「使過去、渡過時光」，para則是具有「為了～、到～為止、向著～」等各種意思的介系詞。

$$para \;+\; \boxed{動詞原形} \qquad 為了～$$

---

比較 介系詞直接出現在名詞、動詞原形前面時，不做變化。

| | | | | |
|---|---|---|---|---|
| ■ a | 向～、助詞 | | ■ hasta | 到～為止、連～也～ |
| ■ con | 和～一起 | | ■ para | 為了～ |
| ■ de | ～的、從～開始、有關～ | | ■ por | 因為～、根據～、代替～ |
| ■ en | 在～ | | ■ sin | 沒有～ |

> Voy a pasar las vacaciones de invierno en Sevilla.
> 我會在塞維亞度過寒假。

> ¿Dónde va a pasar las vacaciones de invierno?
> 您會在哪裡度寒假？

▶ las vacaciones de invierno 寒假

---

**03** | en la última clase | 最後一堂課

primero(a) ⟷ último(a)
最初的　　　　　　　最後的

比較
- ■ la primera clase　第一堂課
- ■ el primer año　第一年、第一學年
- ■ el último día　最後一天
- ■ la última hora　最後的時間

---

**04** | ¡Claro que sí! | 當然！

　claro (a) 是形容詞，意思是「分明、明確、當然」。¡Claro que sí! 的意思是「當然，就是那樣。」，被當成慣用語來使用。

---

**05** | ¡Buen viaje! | 希望您旅途愉快！

　完整的句子應該是Espero que tenga buen viaje.（希望您會有一個愉快的旅行！）

例 ¡Buenas vacaciones!
　假期愉快！

# 簡單知道一下就可以的**conocer/ saber**

## ::**動詞** conocer / saber

conocer用於（因為有交情）知道那個人，或是認出（誰），或是（通過自己直接體驗的結果）知道國家和城市等等。
saber則用於知道某個事實，又或是具有某種知識。

| conocer | 認識某人（有交情） | saber | 知道某個事實 |
|---|---|---|---|
| | 認出某人 | | 具有某種知識 |
| | 知道國家或城市 | | |

### ★conocer 　知道某人（有交情）、認出某人、知道國家或城市

| 單數 | | 現在 | 不定過去 | 未完成過去 | 複數 | 現在 | 不定過去 | 未完成過去 |
|---|---|---|---|---|---|---|---|---|
| 第一人稱 | Yo | conozco | conocí | conocía | Nosotros | conocemos | conocimos | conocíamos |
| 第二人稱 | Tú | conoces | conociste | conocías | Vosotros | conocéis | concisteis | conocíais |
| 第三人稱 | Usted | | | | Ustedes | | | |
| | Él | conoce | conoció | conocía | Ellos | conocen | conocieron | conocían |
| | Ella | | | | Ellas | | | |

### ★saber 　知道某個事實、具有某種知識

| 單數 | 現在 | 不定過去 | 未完成過去 | 複數 | 現在 | 不定過去 | 未完成過去 |
|---|---|---|---|---|---|---|---|
| Yo | sé | supe | sabía | Nosotros | sabemos | supimos | sabíamos |
| Tú | sabes | supiste | sabías | Vosotros | sabéis | supisteis | sabíais |
| Usted | | | | Ustedes | | | |
| Él | sabe | supo | sabía | Ellos | saben | supieron | sabían |
| Ella | | | | Ellas | | | |

例 Yo conozco la América del norte.　Nosotros sabemos las palabras mucho.
北美洲我熟。　我們知道很多單字。

a Juan.　el español.
認識Juan。　會西班牙語。

al profesor.　la verdad.
認識教授。　知道事實。

# 各種表達　在機場

A：¿Puedo ver su pasaporte?
我可以看一下您的護照嗎？

▶ el pasaporte 護照

B：Aquí tiene.
在這裡。

A：¿Cuál es el motivo de su viaje?
你的旅行目的是什麼？

▶ cuál 哪，相當於英語which。

B：Para pasar las vacaciones.
為了休假而來。

A：¿Cuál es el destino final?
最終的目的地是哪裡？

B：Barcelona.
巴塞隆那。

A：¿Cuántos días va a quedarse?
您打算待多久？

B：Una semana.
我要住一週左右。

▶ quedarse 停留

A：¡Buen viaje!
祝您旅途愉快。

B：Gracias. Quiero recoger mi equipaje.
謝謝。我要拿我的行李。

A：Allí está
在那邊。

▶ recoger 拿、提
el equipaje 行李、包包

# 台灣廣廈 國際出版集團
### Taiwan Mansion International Group

國家圖書館出版品預行編目（CIP）資料

我的第一本西班牙語課本（QR碼行動學習版）/姜在玉著.
-- 修訂一版. -- 新北市：國際學村, 2024.04
　　面；　公分
　　譯自：싱싱 스페인어 첫걸음 플러스
　　ISBN 978-986-454-346-5（平裝）
　　1.CST: 西班牙語　2.CST: 讀本

804.78　　　　　　　　　　　　113001657

 國際學村

# 我的第一本西班牙語課本（QR碼行動學習版）

作　　　者／姜在玉　　　　　　　編輯中心編輯長／伍峻宏・編輯／賴敬宗
譯　　　者／Lora Liu　　　　　　封面設計／何偉凱・內頁排版／東豪印刷事業有限公司
審　　　定／Lucas Yu、Sara Torres　製版・印刷・裝訂／弼聖・紘億・秉成

行企研發中心總監／陳冠蒨　　　　線上學習中心總監／陳冠蒨
媒體公關組／陳柔彣　　　　　　　產品企製組／顏佑婷、江季珊、張哲剛
綜合業務組／何欣穎

發　行　人／江媛珍
法 律 顧 問／第一國際法律事務所 余淑杏律師・北辰著作權事務所 蕭雄淋律師
出　　　版／國際學村
發　　　行／台灣廣廈有聲圖書有限公司
　　　　　　地址：新北市235中和區中山路二段359巷7號2樓
　　　　　　電話：（886）2-2225-5777・傳真：（886）2-2225-8052
讀者服務信箱／cs@booknews.com.tw

代理印務・全球總經銷／知遠文化事業有限公司
　　　　　　地址：新北市222深坑區北深路三段155巷25號5樓
　　　　　　電話：（886）2-2664-8800・傳真：（886）2-2664-8801
郵 政 劃 撥／劃撥帳號：18836722
　　　　　　劃撥戶名：知遠文化事業有限公司（※單次購書金額未達1000元，請另付70元郵資。）

■出版日期：2024年04月修訂一版　　ISBN：978-986-454-346-5

我的第一本
# 西班牙語課本文法手冊

目錄 學西班牙語的第一步？通曉文法之後，就更容易學習喔！

| | | | | |
|---|---|---|---|---|
| 名詞 . 2 | 冠詞 . 3 | 代名詞 . 5 | 介系詞 . 8 | 數字 . 10 |
| 形容詞 . 12 | 動詞 . 15 | 副詞 . 30 | 敬稱 . 32 | |

## 名詞
### sustantivo

 **名詞的性別**

西班牙語的所有名詞都分成陽性和陰性。名詞性別的區分法如下

ⓐ 人或動物跟原本的性別相同
ⓑ 其他名詞則用詞尾來區分。以-a,-d,-z,-ie,-umbre,- ción,- tión,-xión結尾的名詞大部分都是陰性名詞;
ⓒ 以-o為首的其他字母來結尾的名詞大部分都是陽性名詞。

| 陽性名詞 | | | |
|---|---|---|---|
| el padre | 爸爸 | el animal | 動物 |
| el oro | 金 | el alcohol | 酒精 |
| el bosque | 森林 | el militar | 軍人 |
| el amor | 愛 | el espíritu | 精神,靈魂 |

| 陰性名詞 | | | |
|---|---|---|---|
| la madre | 媽媽 | la costumbre | 風俗 |
| la moneda | 銅板 | la televisión | 電視 |
| la amistad | 友情 | la acción | 行動 |
| la especie | 種類 | la cuestión | 問題、提問 |

 **名詞的複數**

單數名詞轉變成複數時,一般都是在名詞後面加上–s或是–es。

ⓐ 以母音結尾的名詞,在其後面加上 –s
- la carta ▸ las cartas 信件(複數)　　● el muchacho ▸ los muchachos 少年們

ⓑ 以子音結尾的名詞,在其後面加上 –es
- el hotel ▸ los hoteles 飯店(複數)　　● el rey ▸ los reyes 國王們、國王及王后
- la habitación ▸ las habitaciones 房間(複數)

ⓒ 以z結尾的名詞,則是把「z」變成「c」之後,再加上 -es
- el lápiz ▸ los lápices 鉛筆(複數)　　　● la luz ▸ las luces 燈、照明(複數)

ⓓ 加上es之後,就沒有重音符號的名詞
- el interés ▸ los intereses 關心(複數)
- la expresión ▸ las expresiones 表達(複數)

ⓔ 加上es之後,就會標上重音符號的名詞
- el examen ▸ los exámenes 考試(複數)
- el (la) joven ▸ los (las) jóvenes 年輕人們

2

冠詞是放在名詞的前面，用於規範名詞性質的品詞。冠詞分成定冠詞和不定冠詞，一定要使用符合每個名詞的性和數的冠詞。

 **定冠詞**

跟英語的the相同，被當成主語來使用的所有名詞都要加上定冠詞。

| | 單數 | 複數 |
|---|---|---|
| 陽性 | el | los |
| 陰性 | la | las |

el libro 書　➡ los libros 書（複數）
la mujer 女生　➡ las mujeres 女生們

語言的前面使用陽性定冠詞el。

* el chino 中文
* el español 西班牙語

 **不定冠詞**

跟英語的 a (an) 相似，un / una 的意思是「一個的」； unos / unas 則是它們的複數。

| | 單數 | 複數 |
|---|---|---|
| 陽性 | un | unos |
| 陰性 | una | unas |

un país　➡ unos países　國家
una casa　➡ unas casas　家

 **使用定冠詞的注意事項**

**1** 重音落在第一音節，並以a，ha開頭的陰性名詞要使用陽性單數冠詞el，un。複數名詞則使用陰性冠詞las，unas。

* el agua 水 ▶ las aguas 水（複數）
* el hacha 斧頭 ▶ las hachas 斧頭（複數）
* un hacha 一把斧頭 ▶ unas hachas 一些斧頭

不過，當跟形容詞一起使用時，則使用陰性形容詞。

- la buena hacha 好斧頭　　　● esta agua 這水

重音不落在第一音節，以a , ha開頭的陰性單數名詞則使用陰性冠詞。

- la habitación 房間（單數）　▶ ● las habitaciones 房間（複數）


**2 介系詞 + 定冠詞 el的縮寫**

$$a + el = al$$

- Voy al cine.　　　　　　　　我去電影院。

▶ a 去～（場所），跟英語的to相似。
voy ≫ ir（去）的陳述式第一人稱現在時態　el cine 電影院


$$de + el = del$$

- El número del autobús es el diez.　公車號碼是10號。

▶ el número 數字
el autobús 公車
diez 10

4

## 代名詞 El pronombre

代名詞是再次表達已經表達過的名詞、已經指示的名詞或是已經省略過的名詞時，為了避免重覆而使用的表達。代替人物名字的是人稱代名詞；代替指示的名詞的是指示代名詞；代替前面出現過的名詞，同時又連接後面句子的是關係代名詞。

## 主格人稱代名詞

人稱代名詞是指用代名詞代替人物的名字，用於主語的人稱代名詞叫做主格人稱代名詞。第一人稱yo / nosotros (nosotras)跟英語的I / we 相同，第二人稱的tú / vosotros(vosotras)跟英語的you / you相同，第三人稱的él / ella /usted // ellos / ellas / ustedes則跟英語的he , she / you // they /they / you相同。

| 單數 | | 複數 | |
|---|---|---|---|
| Yo | 我 | Nosotros / Nosotras | 我們 |
| Tú | 你 | Vosotros / Vosotras | 你們／妳們 |
| Usted | 您 | Ustedes | 您們 |
| Él | 他 | Ellos | 他們 |
| Ella | 她 | Ellas | 她們 |

在句子中通常都會省略第一／二人稱，但有時為了強調文意就會特別使用。

第二人稱用於好朋友、家人以及夫妻之間的話，會給人更親密的感覺。

另外，usted 和 ustedes 是第二人稱「您」，因為語感較為尊敬，所以跟第三人稱動詞一起使用。

## 受格人稱代名詞 >> 直接受格

（人稱）代名詞中的直接受格，也就是助詞作用的（人稱）代名詞被叫做 「直接受格（人稱）代名詞」。

| 單數 | | 複數 | |
|---|---|---|---|
| me | 我 | nos | 我們 |
| te | 你 | os | 你們 |
| lo | 那個 | los | 那些 |
| le | 他 | les | 他們 |
| la | 她 | las | 她們 |

受格（人稱）代名詞的位置就在於動詞的前面，否定句中的否定詞no在受格代名詞的前面。

例　Yo te quiero.　　　　　　　　　　　　我愛你。

　　No te quiero.　　　　　　　　　　　　我不愛你。

跟陰性名詞一起使用時，使用la，跟陽性名詞時，則使用lo。

例　A：¿Dónde compraste la revista?　　　你在哪裡買雜誌？

　　B：La compré en el quiosco.　　　　　我在報攤買了那本。

　　A：¿Dónde compraste el pan?　　　　你在哪裡買了麵包。

　　B：Lo compré en la panadería.　　　　我在麵包店買了那個。

 ## 受格人稱代名詞 >> 間接受格

　　人稱代名詞中的間接受格，也就是意思是「對～」的人稱代名詞被叫做間接受格人稱代名詞。

| 單數 | | 複數 | |
|---|---|---|---|
| me | 對我 | nos | 對我們 |
| te | 對你 | os | 對你們 |
| le(se) | 對那個<br>對他／她 | les(se) | 對那些<br>對他／她們 |

在同一個句子中同時使用間接受格代名詞和直接受格代名詞時，順序是「間接＋直接＋動詞」。

| El profesor | + | me | + | lo | + | dijo. |
|---|---|---|---|---|---|---|
| 教授 | | 對我 | | 那個 | | 講了。 |

例　Yo le digo la verdad.　　　　　　　　我對您說了實話。

　　= Yo se la digo.　　　　　　　　　　　我對您說了那事情（實話）。
　　　　間接受格└──直接受格

Él me dice la verdad. 　　　　　　他對我說了實話。

= Él me la dice. 　　　　　　他對我說了那事情（實話）。

間接受格 ┘　└ 直接受格

第三人稱間接受格代名詞(le，les)跟第三人稱直接受格代名詞(le，la，lo，les，las，los)一起使用時 le, les 要標示成 se。

## 指示代名詞

① 對第一人稱的「我」來說最接近的事物用éste／ésta來表示，對第二人稱的「你」來說最接近的事物則用ése／ésa來表示。對第一／二人稱，也就是對「你」和「我」來說都很遠的事物用aquél／aquélla來表示。以上這些代名詞根據所指示的名詞的陽性、陰性、中性、複數等不同，詞尾都要做相對應的變化。

② 當指示代名詞位於名詞的前面，當成修飾名詞的形容詞的時候，就變成指示形容詞。而當作指示形容詞來使用時，不會有重音符號。

| | 這個 | | 那個（對聽者近的事物） | | 那個（對聽、說者皆遠的事物） | |
|---|---|---|---|---|---|---|
| | 單數 | 複數 | 單數 | 複數 | 單數 | 複數 |
| 陽性 | éste | éstos | ése | ésos | aquél | aquéllos |
| 陰性 | ésta | éstas | ésa | ésas | aquélla | aquéllas |
| 中性 | esto | | eso | | aquello | |

例 Esta corbata es cara pero aquélla es barata.
這條領帶很貴，但是那條（領帶）很便宜。

Éste es Miguel. 　　　　　　這位是Miguel。
Ésta es Angélica. 　　　　　　這位是Angélica。
¿Qué es esto / eso / aquello? 　　　這個／那個是什麼？

▶ 中性式 >> 不確定所指示的名詞是陽性還是陰性時使用

##  關係代名詞

關係代名詞有que，quien，el／la que，el／la cual等四個型態。它們會因為前面的單詞是不是人物、關係從句是限制式或是說明式，又會根據關係代名詞是哪個格等等，而導致在使用上都會有所不同。本書是為初學者而準備的，因此這部分內容先不做說明。

## 介系詞 La preposición

介系詞作為連接兩個單詞的接續詞，扮演連接兩個單詞所表達的概念的角色。這種介系詞有場所、時間、原因、目的，道具、方法等介系詞。同一個介系詞根據不同的情況也會有不同的作用。

 **主要的介系詞**

### a：去～、為了～

ⓐ 表示空間上的接近。
- Voy a Madrid.　　　　　　　　　　　　　我去馬德里。

▶ Madrid 西班牙的首都。

ⓑ 表示時間的順序等。
- Juan se levanta a las seis.　　　　　　Juan六點起床。

ⓒ 使用於動作動詞和動詞原型之間。
- Ellos empiezan a estudiar español.　他們開始學習西班牙語。

### de：從～開始、在～

ⓐ 表示所有和歸屬。
- la niña de los ojos negros　　　　　　擁有黑色眼睛的小女孩

ⓑ 表示質地。
- un vaso de plata　　　　　　　　　　　銀製的杯子

▶ el vaso 杯子
la plata 銀的、銀製的

ⓒ 表示出處／出身等。
- Él es de Seúl.　　　　　　　　　　　　他在首爾出生。
- Son las ocho de la mañana.　　　　　早上八點。
- María sale de la casa.　　　　　　　　María離開家了。

### por

ⓐ 表示原因、代價、代替等。
- Lo hago por él.　　　　　　　　　　　我正替他做那件事情。

- Pagué cinco mil wones por el libro.　　　　我付了五千元的書錢。
- El aeropuerto se cerró por la nieve.　　　　機場因為雪關閉了。

ⓑ 表示一段時間。

- María estuvo aquí por un mes.　　　　María在這裡待了一個月。

ⓒ 表示動作還沒有完成的一個狀態。

- Tengo una carta por escribir.　　　　我還有一封信要寫。

ⓓ 表示手段等。

- Lo enví por correo.　　　　我把它郵寄出去了。
- La puerta fue abierta por él.　　　　那個門被他打開了。


## para

ⓐ 表示目的、用途、方向。

- Lo hago para él.　　　　我為他做那事情。
- Esa carta es para mí　　　　那封信是寄給我的。
- Es una taza para té　　　　那是茶杯。

ⓑ 表示未來的某一個特定時間。

- Ella estará aquí para el lunes.　　　　她週一之前會來這裡。

▶▶ estará >> estar（在～）的動詞第三人稱單數未來時態

ⓒ 表示跟動詞原形一起的目的。

- Estoy para salir.　　　　我正打算出去。


## en：在～

ⓐ 表示地點、時間、方法。

- Nosotros vivimos en Seúl.　　　　我們住在首爾。
- Lo hizo en un momento.　　　　他一下子就做了那個。

ⓑ 用於名詞的前面，表示交通手段。

- Voy al cine en coche.　　　　我開車去電影院。
- Vine a la escuela en autobús.　　　　我搭公車來學校。


▶▶ vine >> venir（從～來）動詞的第一人稱單數簡單過去時態

# 數字
# Los números

 **基數** Números cardinales

| | | | | | |
|---|---|---|---|---|---|
| 1 | uno | 19 | diecinueve | 102 | ciento dos |
| 2 | dos | 20 | veinte | 103 | ciento tres |
| 3 | tres | 21 | veintiuno | 114 | ciento catorce |
| 4 | cuatro | 22 | veintidós | 200 | doscientos(tas) |
| 5 | cinco | 23 | veintitrés | 300 | trescientos(tas) |
| 6 | seis | 24 | veinticuatro | 400 | cuatrocientos(tas) |
| 7 | siete | 25 | veinticinco | 500 | quinientos(tas) |
| 8 | ocho | 29 | veintinueve | 600 | seiscientos(tas) |
| 9 | nueve | 30 | treinta | 700 | setecientos(tas) |
| 10 | diez | 31 | treinta y uno | 800 | ochocientos(tas) |
| 11 | once | 40 | cuarenta | 900 | novecientos(tas) |
| 12 | doce | 50 | cincuenta | 1.000 | mil |
| 13 | trece | 60 | sesenta | 2.000 | dos mil |
| 14 | catorce | 70 | setenta | 10.000 | diez mil |
| 15 | quince | 80 | ochenta | 100.000 | cien mil |
| 16 | dieciséis | 90 | noventa | 1.000.000 | (un) millón |
| 17 | diecisiete | 100 | cien(to) | 2.000.000 | dos millones |
| 18 | dieciocho | 101 | ciento uno | 10.000.000 | diez millones |

　　uno用於陽性名詞的前面時，要省略–o，只使用un；在陰性名詞前面時，則變成 una。
　　ciento的後面接名詞或是mil，millones的時候，會省略詞尾–to後，變成cien。數字之間的接續詞 y 只使用於個位數和十位數之間。

| | | | |
|---|---|---|---|
| • un libro | 一本書 | • una casa | 一棟房子 |
| • cien mil euros | 100,000歐元 | • doscientos cincuenta y seis | 256 |

**序數** Números ordinales

| | | | |
|---|---|---|---|
| 第1的 | primero | 第15的 | decimoquinto |
| 第2的 | segundo | 第16的 | decimosexto |
| 第3的 | tercero | 第17的 | decimoséptimo |
| 第4的 | cuarto | 第18的 | decimooctavo |
| 第5的 | quinto | 第19的 | decimonoveno (decimonono) |
| 第6的 | sexto | 第20的 | vigésimo |
| 第7的 | séptimo | 第30的 | trigésimo |
| 第8的 | octavo | 第40的 | cuadragésimo |
| 第9的 | noveno | 第50的 | quincuagésimo |
| 第10的 | décimo | 第60的 | sexagésimo |
| 第11的 | undécimo (decimoprimero) | 第70的 | septuagésimo |
| 第12的 | duodécimo (decimosegundo) | 第80的 | octogésimo |
| 第13的 | decimotercio (decimotercero) | 第90的 | nonagésimo |
| 第14的 | decimocuarto | 第100的 | centésimo |
| | | 第1000的 | milésimo |

▶▶ 第11的 undécimo以上的序數中，décimo的後用經常用基數來表達。

**1** 序數跟修飾名詞的性和數一定要保持一致。當primero和tercero用於陽性名詞前的時候，省略–o。序數可以用於名詞前後。如果基數可以代替序數使用的時候，則要放於名詞後面。

- el primer piso　　第1層
- la tercera lección　　第3課
- la tercera lección = la lección tercera = la lección tres

**2** 一般上，職位、書的本數、書的章及節數等等在第10之前使用序數，之後都使用基數。

- Carlos Quinto　　卡洛斯五世
- la página treinta　　30頁

# 形容詞
## El adjetivo

形容詞是位於名詞的前後，說明那個名詞的性質、狀態等，起到修飾作用的品詞。

形容詞的詞尾變化跟名詞一樣，同時它要跟所修飾的名詞或是代名詞的性 (género) 和數 (número) 要保持一致。

一般原則上，表示顏色、大小、型態、國籍等大部分形容詞都位於名詞的後面。

指示形容詞是表示跟話者的距離和時間。所有形容詞是表示某某的所有。數形容詞（基數／序數）表示個數。不定形容詞表示模糊或是不確定的事物。疑問形容詞表示對名詞的疑問，疑問形容詞總是位於名詞的前面。

## 指示形容詞 >> 有重音符號的話，就是指示代名詞

| | 單數 | | | 複數 | |
|---|---|---|---|---|---|
| **陽性** | este | 這 | | estos | 這些 |
| | ese | 那（離聽者近的） | | esos | 那些（離聽者近的） |
| | aquel | 那（離聽、說者都遠的） | | aquellos | 那些（離聽、說者都遠的） |
| **陰性** | esta | 這 | | estas | 這些 |
| | esa | 那（離聽者近的） | | esas | 那些（離聽者近的） |
| | aquella | 那（離聽、說者都遠的） | | aquellas | 那些（離聽、說者都遠的） |

## 所有形容詞

詞尾會根據所修飾的名詞的性／數來做變化。也就是說，mi , tu , su的話，不會隨性別做變化，複數時，則在詞尾加上 -s 即可。nuestro , vuestro根據性／數來變化，複數的話，則要加上-a / -as。

| | | | | |
|---|---|---|---|---|
| 第一人稱 | mi(s) | 我的 | nuestro(s) / nuestra(s) | 我們的 |
| 第二人稱 | tu(s) | 你的 | vuestro(s) / vuestra(s) | 你們的 |
| 第三人稱 | su(s) | 他（她）的、您的 | su(s) | 他（她）們的、您們的 |

例　Ellos son mis amigos.　　　　　他們是我的朋友。
　　Nuestra casa está en el campo.　我家在鄉下。

12

**其他形容詞**

**1 數形容詞：基數、序數、倍數、分數**

- uno　　　　一個的
- segundo　　第二的、第二次的
- triple　　　三倍的

- doble　　　兩倍的
- medio　　　1/2的

▶ uno ＞＞ 單數名詞前使用un

**2 不定形容詞**

- alguno　　　一個或兩個的
- poco　　　　少數的、少量的

- ninguno　　一個都沒有
- varios　　　各種的、數個的

**3 疑問形容詞**

- qué　　　　什麼、怎樣
- cuánto　　　多少

 **形容詞的詞尾變化**

**1 以-o結尾的形容詞：陰性時，詞尾的o變成-a，複數的話，則加上-s。**

### alto 高的、（個子）高的

- el hombre alto　/　los hombres altos　　高個子的男生／高個子的男生們
　　　　　　　　　　　　　　　▶ el hombre / los hombres ＞＞ 陽性單／複數

- la mujer alta　　/　las mujeres altas　　高個子的女生／高個子的女生們
　　　　　　　　　　　　　　　▶ la mujer / las mujeres ＞＞ 陰性單／複數

**2 詞尾是-o之外的形容詞：詞尾不會根據性別不同而有所變化，**
**　　　　　　　　　　　　複數的話，則加上-s , -es。**

### verde 綠色的　azul 藍色、青色

- el papel verde / los papeles verdes　　綠色紙張／綠色紙張（複數）
　　　　　　　　　　　　　　　▶ el papel / los papeles ＞＞ 陽性單／複數

- la hoja azul / las hojas azules　　綠色的樹葉／綠色的樹葉（複數）
　　　　　　　　　　　　　　　▶ la hoja / las hojas ＞＞ 陰性單／複數

**3** **詞尾是z的形容詞**：詞尾不會根據性別不同而有所變化，複數的話，詞尾z變成c之後，再加上 -es。

## feliz 幸福的

- la mujer feliz / las mujeres felices  　　　　幸福的女人／幸福的女人們

**4** **詞尾是-a , -ista的形容詞不會因為性別不同而有所變化。**

- agrícola　　　農業的
- comunista　　共產主義的（者）
- indígena　　　土生土長的

**5** **在陽性單數名詞前面，會省略詞尾o , de , to的形容詞。**

| | | | |
|---|---|---|---|
| • bueno | 好的 | • malo | 壞的 |
| • alguno | 某個、怎樣的 | • ninguno | 一個也不、誰也沒 |
| • primero | 第一次的 | • tercero | 第三的、第三次的 |
| • grande | 偉大的，大的 | • santo | 神聖的 |

　　不論是陽性或陰性名詞，grande在單數名詞前面時，都會省略詞尾-de。如果santo後面的名詞是以Do或To開頭的陽性單數名詞的話，就不會省略詞尾to。

- un buen hombre　　好人
- tercer año　　　　三年級
- una gran doctora　偉大的女博士
- algún libro　　　　某書
- un gran hombre　　偉人
- Santo Domingo　　聖多明哥

**6** **表示國籍的形容詞**

　　即使是以-o除外的子音結尾的形容詞，在表示國籍的時候，也要根據所修飾的名詞的性／數來做變化。陰性時，加上 –a , –as。

　　跟英語不同的是有關國籍的形容詞是用粗體來表示。

- el libro español / los libros españoles　　　　西班牙書籍／西班牙書籍（複數）
- la película española / las películas españolas　西班牙電影／西班牙電影（複數）

**7** **出現在ser動詞後面的形容詞會根據性、數來做詞尾的變化。**

- El cielo es alto y azul.　　　　　　天空又高又藍。
- Linda y Emilio son altos.　　　　　Linda和Emilio的個子都很高。

# 動詞 El verbo

動詞表示主語動作和狀態。西班牙語的動詞包含謂語和主語兩個概念。

動詞hablar（說）的第一人稱陳述式現在時態是hablo（我說），其中包含了動詞 hablar（說）的概念和說的主體yo（我）兩個概念。 也就是說，即使省略了主語，只要看到動詞，也可以馬上知道主語是什麼。因此，通常都會省略主語。

西班牙語的所有動詞原型都是以 –ar，-er，-ir結尾，然後根據人稱（第一人稱、第二人稱、第三人稱），數（單數、複數）以及 時態（現在、過去、未來）等來做詞尾的變化。

## 陳述式現在時態 >> 規則動詞

陳述式現在沒有話者主觀的想法，只是表示現在客觀的行動的表達。

規則動詞中的-ar 動詞在動詞詞幹中加上-o，-as，-a，-amos，-áis，-an；-er動詞的話，加上-o，-es，-e，-emos，-éis，-en；-ir動詞的話，則加上-o，-es, -e，-imos，-ís, -en。

### -ar動詞 hablar 説

| 單數 | | | 複數 | | |
|---|---|---|---|---|---|
| Yo | 我 | hablo | Nosotros | 我們 | hablamos |
| Tú | 你 | hablas | Vosotros | 你們 | habláis |
| Usted | 您 | | Ustedes | 您們 | |
| Él | 他 | habla | Ellos | 他們 | hablan |
| Ella | 她 | | Ellas | 她們 | |

### -er動詞 comer 吃

| 單數 | | | 複數 | | |
|---|---|---|---|---|---|
| Yo | 我 | como | Nosotros | 我們 | comemos |
| Tú | 你 | comes | Vosotros | 你們妬 | coméis |
| Usted | 您 | | Ustedes | 您們 | |
| Él | 他 | come | Ellos | 他們 | comen |
| Ella | 她 | | Ellas | 她們 | |

| **-ir動詞** | **vivir** 住、生活 |

| 單數 | | 複數 | |
|---|---|---|---|
| Yo 我 | vivo | Nosotros 我們 | vivimos |
| Tú 你 | vives | Vosotros 你們 | vivís |
| Usted 您 | | Ustedes 您們 | |
| Él 他 | vive | Ellos 他們 | viven |
| Ella 她 | | Ellas 她們 | |

**1** -ar動詞的例子：以-ar結尾的變化動詞叫做-ar動詞。

ⓐ hablar 說、使用（語言）
- Yo no hablo español. 我不會說西班牙語。

ⓑ esperar 等待
- Ella me espera en la cafetería. 她正在咖啡廳等我。

ⓒ estudiar 學習
- Nosotros estudiamos matemática. 我們學習數學。

ⓓ comprar 買、購買
- Ustedes compran los libros en la librería. 您們在書店買書。

**2** -er動詞的例子：以-er結尾的變化動詞叫做-er動詞。

ⓐ comer 吃
- Tú comes en tu casa. 你在你家吃飯。

ⓑ aprender 學習
- Aprendemos español en el colegio. 我們在學校學習西班牙語。

ⓒ beber 喝
- Ellos beben refresco. 他們喝飲料。

ⓓ leer 讀
- Leo el periódico. 我看報紙。

**3** -ir動詞的例子：以-ir結尾的變化動詞叫做-ir動詞。

**ⓐ vivir** 生活
    A：¿Dónde vives?                           你住哪？
    B：Vivo en Taipéi.                           我住在台北。

**ⓑ escribir** 寫（字、信）
    • Ella escribe una carta a su padre.     她正在給爸爸寫信。

**ⓒ abrir** 開
    • Ellos abren las ventanas.            他們正在把窗戶打開。

**ⓓ recibir** 收
    • Recibo una carta de mi amiga.     我從朋友（女生）那收到一封信。

 **陳述式現在時態** >> 不規則動詞

詞根母音變化的動詞：除了詞根母音變化之外，詞尾變化跟規則動詞一樣。

## e ⇨ ie

| | | |
|---|---|---|
| • pensar 想 | • cerrar 關 | • empezar 開始 |
| • querer 愛、要 | • entender 理解 | • perder 忘記、失去 |
| • sentir 感覺 | • preferir 偏好 | • divertir 帶來歡樂 |

| 單數 ||| 複數 |||
|---|---|---|---|---|---|
| pensar | querer | sentir | pensar | querer | sentir |
| pienso<br>piensas | quiero<br>quieres | siento<br>sientes | pensamos<br>pensáis | queremos<br>queréis | sentimos<br>sentís |
| piensa | quiere | siente | piensan | quieren | sienten |

**ⓐ empezar** 開始
    • La clase empieza a las nueve de la mañana. 早上九點開始上課。

ⓑ entender 理解
- Yo le entiendo a Ud.　　　　　　　　我很理解您（您説的話）。

ⓒ preferir 偏好
- ¿Qué prefieres, té o café?　　　　　茶跟咖啡，你更喜歡那一個？

## o ⇨ ue

- contar 計算、説話
- encontrar 找出
- soler 經常～
- costar 花費
- volver 回來、回去
- dormir 睡覺
- poder 可以～
- morir 死

| 單數 | | | 複數 | | |
|---|---|---|---|---|---|
| contar | poder | dormir | contar | poder | dormir |
| cuento<br>cuentas | puedo<br>puedes | duermo<br>duermes | contamos<br>contáis | podemos<br>podéis | dormimos<br>dormís |
| cuenta | puede | duerme | cuentan | pueden | duermen |

ⓐ poder 可以～
- Puedo hablar con Emilio?　　　　　我可以跟Emilio通話嗎？

ⓑ volver 回來
- A：¿Cuándo vuelve usted?　　　　您何時回來？
- B：Vuelvo mañana.　　　　　　　明天回來。

ⓒ recordar 記
- ¿Me recuerdas?　　　　　　　　　你記得我嗎？

## u ⇨ ue

jugar 玩、（運動）比賽

| 單數 | 複數 |
|---|---|
| juego<br>juegas | jugamos<br>jugáis |
| juega | juegan |

## e ⇨ i

pedir 要求、訂

| | |
|---|---|
| • pedir　　要求、訂 | • servir　　服務 |
| • repetir　反覆 | • seguir　持續 |

| 單數 | 複數 |
|---|---|
| pido<br>pides | pedimos<br>pedís |
| pide | piden |

ⓐ pedir 訂
- Pido un café con leche.　　　　我要加牛奶的咖啡。

ⓑ servir 服務
- La señora me sirve un té.　　　　阿姨給我泡了杯茶。

只有第一人稱時，才不規則變化的動詞

| | | | |
|---|---|---|---|
| • conocer 認識（人、地名等） | • dar　　給 | • hacer　做 | • poner　放 |
| • salir　　離開 | • saber 知道 | • traer　帶來 | • ver　　看 |

ⓐ conocer 認識（人）
- Conozco a Cecilia.　　　　我認識Cecilia。

ⓑ dar 給
- Le doy este libro.　　　　我把這本書拿給您。

ⓒ hacer 做～
- Hago un viaje este verano.　　　　我這個暑假要去旅行。

ⓓ poner 放
- Pongo las tazas en la mesa.　　　　我把杯子放在桌子上。

ⓔ saber 知道
- No sé nada de eso.　　　　我對那件事情一無所知。

**f** salir 出去、離開

　　• Salgo de la clase.　　　　　　　　　　我從教室出來。

**g** traer 帶來

　　• Hoy te traigo el libro de español.　　　今天我把西班牙語書帶來給你。

**h** ver 看

　　• Veo una película en la televisión.　　　我用電視看電影。

　　saber意思是「知道～的事實」，或是「具有～的知識」。~conocer使用於跟某人很親近，因此很清楚那個人，或是通過自已的體驗知道某個國家、城市或是其他等等。「saber + 動詞原形」的意思是「知道～怎樣做、知道做～」。

$$saber + \boxed{動詞原形}$$　　知道～怎樣做
　　　　　　　　　　　　　　　　　知道做～

**例**　• Sé jugar al fútbol.　　　　　　　　我會踢足球。

　　　• Conozco al profesor Eduardo.　　我認識Eduardo教授。

　　　• Conoces México?　　　　　　　　你對墨西哥熟嗎？

其他不規則動詞

| 單數 | | | 複數 | | |
|---|---|---|---|---|---|
| estar | ser | ir | estar | ser | ir |
| estoy<br>estás | soy<br>eres | voy<br>vas | estamos<br>estáis | somos<br>sois | vamos<br>vais |
| está | es | va | están | son | van |

**a** estar 在～

　　說明長久或是暫時性的主語所用在地點和位置。當跟形容詞和過去分詞一起使用時，則表示暫時的或是變化的狀態和條件等等。

　　• Madrid está en España.　　　　　馬德里在西班牙。
　　• Está escrito en español.　　　　　用西班牙語記錄。

**b** ser~ 是~

表示長久的主語特質。

- Emilio es mi amigo.  　　　　　　　Emilio是我的朋友。
- Somos colombianos.  　　　　　　　我們是哥倫比亞人。

**c** ir 去、一定適合

「ir a + 動詞原形」的意思是「將做~、打算做~」。irse的意思則是「走掉、離開」。

ir a ＋ 動詞原形 　將做~、打算做~

- Voy a verle.  　　　　　　　　　　　我正在去見他。
- Este vestido no le va bien.  　　　　這衣服不適合他。
- Me voy.  　　　　　　　　　　　　　我走了。
- Van a estudiar el español.  　　　　他們將要學習西班牙語。

| 單數 | | | 複數 | | |
|---|---|---|---|---|---|
| tener | venir | decir | tener | venir | decir |
| tengo<br>tienes | vengo<br>vienes | digo<br>dices | tenemos<br>tenéis | venimos<br>venís | decimos<br>decís |
| tiene | viene | dice | tienen | vienen | dicen |

**d** tener 擁有、所有

tener que + 動詞原形 的意思是「有需要做~、一定要做~」。

- Ella tiene dos hijos.  　　　　　　　她有兩個兒子。
- Tengo que ir ahora.  　　　　　　　我現在必須離開了。

**e** venir 來

venir a + 動詞原形 的意思是「打算來~」。

- Vengo a verle a usted.  　　　　　　我來看您了。
- Mis padres vienen a mi casa la próxima semana.
  我的父母親下週要來我家。

**f** decir 說

- Él me dice la verdad.  　　　　　　　他對我說了實話。

簡單過去 Pretérito indefinido

西班牙語的過去時態跟英語不同，它有兩個形態。一種是表示主語在過去單純的動作和形態的簡單過去，另一種是表示過去的動作還沒有結束的未完成過去。

### 規則動詞的陳述式簡單過去

-ar 動詞的話，動詞的詞幹變成–é，-aste，-ó，amos，-asteis，-aron；
-er／-ir 動詞的話，詞幹則變成-í，-iste，-ió，-imos，-isteis，-ieron。

## -ar 動詞

## hablar 說

| 單數 | | | 複數 | | |
|---|---|---|---|---|---|
| Yo | 我 | hablé | Nosotros | 我們 | hablamos |
| Tú | 你 | hablaste | Vosotros | 你們 | hablasteis |
| Usted | 您 | | Ustedes | 您們 | |
| Él | 他 | habló | Ellos | 他們 | hablaron |
| Ella | 她 | | Ellas | 她們 | |

例 • Habló con ella.　　他跟那女生說話了。

## -er 動詞

## comer 吃

| 單數 | | | 複數 | | |
|---|---|---|---|---|---|
| Yo | 我 | comí | Nosotros | 我們 | comimos |
| Tú | 你 | comiste | Vosotros | 你們 | comisteis |
| Usted | 您 | | Ustedes | 您們 | |
| Él | 他 | comió | Ellos | 他們 | comieron |
| Ella | 她 | | Ellas | 她們 | |

例 • Anoche comimos con el profesor.　　我們昨天晚上跟教授一起吃飯。

## salir 出去、出發

| 單數 | | |
|---|---|---|
| Yo | 我 | salí |
| Tú | 你 | saliste |
| Usted | 您 | |
| Él | 他 | salió |
| Ella | 她 | |

| 複數 | | |
|---|---|---|
| Nosotros | 我們 | salimos |
| Vosotros | 你們 | salisteis |
| Ustedes | 您們 | |
| Ellos | 他們 | salieron |
| Ellas | 她們 | |

例 La semana pasada comí con Cecilia, y le hablé de mi plan.

上週我跟 Cecilia 一起吃飯。我還跟她說了我的計畫。

▶ pasado(a) 上個

A：¿Con quién saliste anoche?

昨晚你跟誰外出了？

B：Salí con mi hermano menor.

我跟我弟弟外出了。

## 不規則動詞的陳述式簡單過去

跟規則動詞的不同在於詞根母音會有變化，或是增加一部分的字母。不過，詞尾的變化跟規則動詞相同。

## hacer 做～

| 單數 | | |
|---|---|---|
| Yo | 我 | hice |
| Tú | 你 | hiciste |
| Usted | 您 | |
| Él | 他 | hizo |
| Ella | 她 | |

| 複數 | | |
|---|---|---|
| Nosotros | 我們 | hicimos |
| Vosotros | 你們 | hicisteis |
| Ustedes | 您們 | |
| Ellos | 他們 | hicieron |
| Ellas | 她們 | |

## ir 去

| 單數 | | |
|---|---|---|
| Yo | 我 | fui |
| Tú | 你 | fuiste |
| Usted | 您 | |
| Él | 他 | fue |
| Ella | 她 | |

| 複數 | | |
|---|---|---|
| Nosotros | 我們 | fuimos |
| Vosotros | 你們 | fuisteis |
| Ustedes | 您們 | |
| Ellos | 他們 | fueron |
| Ellas | 她們 | |

## decir 說、講

| 單數 | | | | 複數 | | | |
|---|---|---|---|---|---|---|---|
| Yo | 我 | dije | | Nosotros | 我們 | dijimos | |
| Tú | 你 | dijiste | | Vosotros | 你們 | dijisteis | |

| 單數 | | | | 複數 | | | |
|---|---|---|---|---|---|---|---|
| Usted | 您 | | | Ustedes | 您們 | | |
| Él | 他 | dijo | | Ellos | 他們 | dijeron | |
| Ella | 她 | | | Ellas | 她們 | | |

例

A：¿Qué hizo usted anoche? 您昨天晚上做了什麼？

B：Fui a la cafetería y tomé un café 我去咖啡廳喝了杯咖啡。

▶ tomé >> tomar（吃、喝）的第一人稱單數簡單過去時態

A：¿Quién te lo dijo? 是誰跟你說了那件事？

B：Me lo dijo Claudia. Claudia 跟我講了（那件事）。

 ## 未完成過去 Pretérito imperfecto

這是為了表示過去持續的動作和狀態。正因為未完成過去時態可以表示在過去持續的事物，所以經常使用於文學性的描述，也常用於尊敬表達。

### 1 規則動詞的未完成過去時態

-ar 動詞的話，動詞詞幹變成–aba，-abas，-aba，-ábamos，-abais，-aban；
-er 動詞／-ir動詞的話，則變成–ía，-ías，-ía，-íamos，-íais，-ían。

-ar 動詞

## estudiar 學習

| 單數 | | | 複數 | | |
|---|---|---|---|---|---|
| Yo | 我 | estudiaba | Nosotros | 我們 | estudiábamos |
| Tú | 你 | estudiabas | Vosotros | 你們 | estudiabais |

| 單數 | | | 複數 | | |
|---|---|---|---|---|---|
| Usted | 您 | | Ustedes | 您們 | |
| Él | 他 | estudiaba | Ellos | 他們 | estudiaban |
| Ella | 她 | | Ellas | 她們 | |

## -er動詞

### comer 吃

| 單數 | | |
|---|---|---|
| Yo | 我 | comía |
| Tú | 你 | comías |
| Usted | 您 | |
| Él | 他 | comía |
| Ella | 她 | |

| 複數 | | |
|---|---|---|
| Nosotros | 我們 | comíamos |
| Vosotros | 你們 | comíais |
| Ustedes | 您們 | |
| Ellos | 他們 | comían |
| Ellas | 她們 | |

## -ir動詞

### vivir 住

| 單數 | | |
|---|---|---|
| Yo | 我 | vivía |
| Tú | 你 | vivías |
| Usted | 您 | |
| Él | 他 | vivía |
| Ella | 她 | |

| 複數 | | |
|---|---|---|
| Nosotros | 我們 | vivíamos |
| Vosotros | 你們 | vivíais |
| Ustedes | 您們 | |
| Ellos | 他們 | vivían |
| Ellas | 她們 | |

例 Estudiaba inglés en el colegio. 我在學校學了英語。（經常學英語）

## 2 不規則動詞的未完成過去時態

a 以下的不規則動詞的未完成過去時態跟規則動詞是完全不同的形態。但是這類單字並不多。

### ser 是

| 單數 | | |
|---|---|---|
| Yo | 我 | era |
| Tú | 你 | eras |
| Usted | 您 | |
| Él | 他 | era |
| Ella | 她 | |

| 複數 | | |
|---|---|---|
| Nosotros | 我們 | éramos |
| Vosotros | 你們 | erais |
| Ustedes | 您們 | |
| Ellos | 他們 | eran |
| Ellas | 她們 | |

## ir 去

| 單數 | | |
|---|---|---|
| Yo | 我 | iba |
| Tú | 你 | ibas |
| Usted | 您 | |
| Él | 他 | iba |
| Ella | 她 | |

| 複數 | | |
|---|---|---|
| Nosotros | 我們 | íbamos |
| Vosotros | 你們 | ibais |
| Ustedes | 您們 | |
| Ellos | 他們 | iban |
| Ellas | 她們 | |

 Íbamos al cine, cuando éramos jóvenes.　　我們年輕時經常去看電影。

## ver 看

| 單數 | | |
|---|---|---|
| Yo | 我 | veía |
| Tú | 你 | veías |
| Usted | 您 | |
| Él | 他 | veía |
| Ella | 她 | |

| 複數 | | |
|---|---|---|
| Nosotros | 我們 | veíamos |
| Vosotros | 你們 | veíais |
| Ustedes | 您們 | |
| Ellos | 他們 | veían |
| Ellas | 她們 | |

ⓑ 在尊敬句中也會使用動詞的未完成過去時態。

- ¿Podía comunicar con el Sr. Martínez?　　我可以跟 Martinez 先生通話嗎？
- Quería informarle que...　　我想告訴您～。

　= Quiero informarle que...

## 現在完成時態 Pretérito perfecto

現在完成的句型是「助動詞 haber 的現在時態 + 過去分詞」

   現在完成

ⓐ 表示動作或是行為已經完成的現在的狀態

ⓑ 表示現在，今天，今天早上，這週等完成的事情

ⓒ 表示到現在為止的經驗

ⓓ 表示到現在還持續發生的動作

ⓔ 表示最近的過去

動詞haber的現在時態

| 單數 | 複數 |
|---|---|
| he<br>has | hemos<br>habéis |
| ha | han |

過去分詞 Participio pasado

　　用於完成時態表達的過去分詞中，如果是-ar動詞的話，用–ado代替–ar；-er／-ir 動詞的話，詞尾-er／-ir要變成 –ido。

| • esperar ▶ esperado | • comer ▶ comido | • salir ▶ salido |
|---|---|---|

- Han llegado esta tarde.　　　　　　　　他們今天下午就到了。
- Este invierno ha nevado mucho.　　　　今年的冬天下了很多雪。

過去分詞的不規則式

以下的動詞的過去分詞都是不規則。

ⓐ abrir 打開（門等）▶ abierto
   - ¿Has abierto la puerta?　　　　　　你打開門了嗎？

ⓑ decir 說 ▶ dicho
   - Él nunca me ha dicho la verdad.　　他從來也沒有對我說實話。

ⓒ escribir 寫～ ▶ escrito
   - Les he escrito una carta a mis padres hoy.　　我給父母親寫了一封信。

ⓓ hacer 做 ▶ hecho
   - Ella ha hecho ejercicio esta mañana.　　她今天早上做運動了。

ⓔ poner 放 ▶ puesto
   - ¿Quién ha puesto la radio sobre la mesa?　　是誰把收音機放在桌上的？

ⓕ ver ～看 ▶ visto
   - ¿Has visto mi paraguas?　　　　　你有看到我的雨傘嗎？

g volver 回來、回去 ▸ vuelto
- Él ha vuelto a su casa esta tarde.　　　他今天下午回家去了。

h romper 打破、砸 ▸ roto
- ¿Habéis roto el cristal?　　　是你們砸了玻璃嗎？

 現在分詞　El gerundio

在規則動詞的現在分詞中，如果是-ar動詞的話，詞尾–ar變成 –ando；–er / -ir動詞的話，詞尾 –er / -ir則變成 –iendo。

| esperar ▸ esperando | comer ▸ comiendo | vivir ▸ viviendo |
| --- | --- | --- |

**1** 不規則動詞

以下動詞都是現在分詞的不規則式。

| decir 說 | ▸ | diciendo | ir 去 | ▸ | yendo |
| --- | --- | --- | --- | --- | --- |
| poder 可以 | ▸ | pudiendo | venir 來 | ▸ | viniendo |
| creer 相信 | ▸ | creyendo | leer 讀 | ▸ | leyendo |
| oír 聽 | ▸ | oyendo | traer 帶來 | ▸ | trayendo |

**2** Estar跟現在分詞一起使用時，表示正在進行中的動作。

- Él está escribiendo.　　　他在寫字。
- Él estaba escribiendo.　　　他在寫字。（過去）

**3** 現在分詞也使用於方法，時間，條件等等。

- Andando rápidamente, llegó aquí a tiempo.　　　他走很快，準時到達這個地方。
- Llevo diez años viviendo en esta calle.　　　我在這條街住了10年。

▶▶ andar >> 走
▶▶ a tiempo >> 準時地

28

反身動詞

反身動詞是指動詞的動作、行為從受詞再次變成主詞的反身動詞。
反身動詞的原形在原形動詞尾加上代名詞se，以便跟其他動詞作區分。

**1** 反身動詞的陳述式現在

## levantarse

| 單數 | | | 複數 | | |
|---|---|---|---|---|---|
| Yo | 我 | me levanto | Nosotros | 我們 | nos levantamos |
| Tú | 你 | te levantas | Vosotros | 你們 | os levantáis |
| Usted | 您 | | Ustedes | 您們 | |
| Él | 他 | se levanta | Ellos | 他們 | se levantan |
| Ella | 她 | | Ellas | 她們 | |

**a** levantarse 起床、醒

- Me levanto temprano en la mañana.　　　我早上很早起床。

**b** acostarse 睡覺

- Él se acuesta a la una y se levanta a las siete de la mañana.
  他一點睡覺，早上七點就起床了。

**2** 其他反身動詞

| | | |
|---|---|---|
| llamar 叫 | ▶ | llamarse 稱為、名字叫做～ |
| presentar 介紹 | ▶ | presentarse 自我介紹 |
| levantar 舉起 | ▶ | levantarse 起床 |
| poner 放 | ▶ | ponerse 變成～、穿衣服 |
| acostar 放倒 | ▶ | acostarse 躺、睡覺 |
| despertar 叫醒別人 | ▶ | despertarse （從睡夢中）醒來 |
| lavar 清洗 | ▶ | lavarse 洗（自己） |
| duchar （幫他人）洗澡 | ▶ | ducharse 洗、洗澡 |
| sentar 讓坐下 | ▶ | sentarse 坐 |
| ir 去 | ▶ | irse 走掉 |

- Siéntese Ud. en la silla.　　　　　請您坐在椅子上。

- Él se afeita a las siete.　　　　　他七點刮鬍子。

## 副詞 El adverbio

直接修飾動詞、形容詞、副詞或是通過形容詞或其他副詞來修飾名詞的接續詞。不只是對動詞行為有影響，根據不同的情況，對整體句子也會有影響。

 **從意義上來看副詞的分類**

**1 場所副詞**

| | | | | | |
|---|---|---|---|---|---|
| aquí | 這裡 | arriba | 向上 | dentro | 向內 |
| allí | 那裡 | abajo | 向下 | fuera | 往外、向外 |

**2 時間副詞**

| | | | | | |
|---|---|---|---|---|---|
| ahora | 現在 | antes | 之前 | después | 後面、之後 |
| temprano | 提早 | tarde | 晚 | todavía | 還、仍然 |
| siempre | 總是 | | | | |

**3 數量副詞**

| | | | | | |
|---|---|---|---|---|---|
| mucho | 很多 | muy | 非常 | poco | 少 |
| casi | 幾乎 | bastante | 充分、相當 | cuanto | 多少 |
| tanto | 那樣多的、那程度的 | | | | |

**4 方法副詞**

| | | | |
|---|---|---|---|
| bien | 很好 | mal | 很壞地 |
| despacio | 慢慢地 | rápido | 很快 |

**5 肯定副詞**

| | | | | | |
|---|---|---|---|---|---|
| sí | 是 | también | 也是～ | cierto | 確認地、分明地 |

**6 否定副詞**

| | | | | | |
|---|---|---|---|---|---|
| no | 不是 | tampoco | 也不是～ | nunca | 從未 |

## 以-mente結尾的副詞

很多副詞原本都是形容詞，在形容詞後面加上 -mente 的話，就變成副詞。

**1** 以-o結尾的形容詞的詞尾 -o 變成陰性的 -a 之後，再加上 -mente。

- directo 直接的 ▶ directamente 直接地
- claro 明確的、分明的 ▶ claramente 明確地、分明地

**2** 其他形容詞則是在後面加上-mente。

- feliz 幸福的 ▶ felizmente 幸福地
- alegre 愉快的、開心的 ▶ alegremente 愉快地、開心地

**3** 在同一個句子中，如果重複出現加上-mente的副詞的話，只有最後一個副詞會保留 –mente，前面的副詞只使用形容詞的陰性式 (-a)。

- Juan habló sabia y elocuentemente.　　　Juan講得既巧智又流利。

 ## 副詞詞尾的省略

**1** 副詞tanto和cuanto在其他形容詞或副詞前面時，最後的音節-to會省略。

- tanto bueno (x)　　▶ tan bueno　　很好的、那樣好的
- cuanto dulce (x)　　▶ cuan dulce　　那樣甜蜜的

**2** 不過，mayor , menor , mejor , peor前面的詞尾 –to是不省略的。

- tanto mayor 更多的

**3** 副詞mucho出現在形容詞或副詞前面時，變成 muy。

- mucho verde (x)　　▶ muy verde　　深綠色的
- mucho poco (x)　　▶ muy poco　　很少的

# 敬稱

西班牙血統的人的姓名前面都會加上敬稱。

 **敬稱的語順**

姓名前面加上敬語的順序

a 冠詞：el , la

b 加在姓前面的敬語：señor , señora , señorita

c 加在名字前面的敬語：don , doña

> ▶ don , doña >> 以前只能用於具有貴族資格的人身上，
> 現在一般用於年長者的姓名的前面。

d 本名（洗禮名）

e 爸爸的姓

f 媽媽的姓

g 已婚女性的話，則再加上de + 丈夫的姓

| | |
|---|---|
| el señor José Pérez (y) Contreras | 丈夫 |
| la señora Inés Canedo (y) García de Pérez | 太太 |
| el señor don Juan Pérez (y) Canedo | 兒子 |
| la señorita Juana Pérez (y) Canedo | 女兒 |

　　通常都會省略y，don和doña也不跟冠詞一起使用。señor , señora , señorita只有在寫成簡寫 Sr., Sra., Srta.的時候，才會使用大寫。其餘的話，都使用小寫，直接對話時，則省略定冠詞。
　　稱呼教授、醫生、長官等時，一定要使用定冠詞。在稱呼的前面使用señor , señora , señorita。不過，直接稱呼的時候，會省略定冠詞。

例
- la profesora
  = la (señora) profesora 　　　　　　　女教授

- Buenas tardes, señor Juan. 　　　　　午安，Juan先生。